小説 仮面ライダーエグゼイド

～マイティノベルX～

高橋 悠也

講談社キャラクター文庫 028

小説 仮面ライダーエグゼイド
～マイティノベルX～

原作
石ノ森章太郎

著者
高橋悠也

協力
金子博亘

デザイン
出口竜也
(有限会社 竜プロ)

Chapter

キャラクター紹介

宝生《ほうじょう》　永夢《えむ》 ▼ 仮面ライダーエグゼイド

聖都《せいと》大学《だいがく》附属《ふぞく》病院《びょういん》の小児科医。電脳救命センター（CR）のドクター。天才ゲーマーM《エム》。幼い頃からゲームが大好きで一緒に遊んでくれる友達を空想していた。八歳の時に交通事故に遭い、その時に命を救ってくれた日向恭太郎《ひなたきょうたろう》の影響を受けてドクターを志すようになる。患者の笑顔を取り戻す為にドクターとして、そして仮面ライダーエグゼイドとして戦い続けた。自身に感染している病とも言えるバグスターのパラドを自分の個性として受け入れ、お互いに協力し合いながら、ゲーム病患者の治療の傍らで、消滅した人々の再生医療の確立の為に尽力している。

鏡《かがみ》　飛彩《ひいろ》 ▼ 仮面ライダーブレイブ

聖都大学附属病院の天才外科医。電脳救命センターのドクター。

恋人の百瀬小姫《ももせさき》をゲーム病で失っており、その原因となった花家大我《はなやたいが》とは、度重なる衝突を経て和解。現在は再生医療による小姫との再会を目指しつつ、外科医として多くの患者の命を救っている。他人の私情に深く立ち入らないポリシーを持ち、他人のことを名前ではなく肩書で呼ぶ癖がある。

花家《はなや》　大我《たいが》▼仮面ライダースナイプ

花家ゲーム病クリニックを経営するゲーム病専門の開業医。

かつては聖都大学附属病院に勤めていた放射線科医であり、電脳救命センターで初めて仮面ライダーになったドクターだった。当時のゲーム病患者の小姫を消滅させてしまい、衛生省から医師免許を剝奪された過去を持つ。飛彩と小姫に対する負い目とバグスターに対する憎悪を長年抱え続けていたが、過酷な戦いの末に飛彩と和解。電脳救命センターとも良好な関係を構築しつつある。

九条《くじょう》　貴利矢《きりや》▼仮面ライダーレーザー

電脳救命センターのドクター。

かつては監察医としてバグスターウイルスの根絶を目指していたが、秘密を知りすぎた為に檀黎斗《だんくろと》に消滅させられた過去を持つ。その後バグスターとして復活し、電脳救命センターに協力する傍らで、ゲーム病ワクチンの開発に貢献。黎斗との最後の戦いを経て、バグスターから人間としての肉体が再生された世界初の存在となる。

ポッピーピポパポ▼仮面ライダーポッピー

電脳救命センターに勤めるバグスター。仮面ライダーのナビゲーター。普段は看護師・仮野明日那《かりのあすな》として永夢たちをサポート。黎斗の母・檀櫻子《さくらこ》に感染していたバグスターであり、彼女にとって黎斗は自分の息子であり自分を生み出した親でもあるという複雑な関係にある。かつてゲムデウスウイルスのパンデミックを回避する為に自らをワクチン化させて消滅したが、黎斗の体内で培養されたことで復活を果たした。

パラド▼仮面ライダーパラドクス

永夢に感染しているバグスター。《一緒にゲームをする友達がほしい》という永夢の願望から生まれた世界で初めてのバグスターであり、かつて黎斗と共に暗躍し、永夢とも敵対関係にあった。戦いの中でコンティニューできない命の尊さと死の恐怖を知り、それまでの悪行を悔い改めて永夢との超協力プレイを果たす。人類を救う為にゲムデウスを道連れにして消滅するが、永夢の体内で培養されたことで復活を果たした。

西馬《さいば》 ニコ

年収一億の天才プロゲーマー。

かつてゲーム大会で天才ゲーマーMに敗れて以来、打倒Mを目指しており、大我の病院に転がり込んだ。大我とは患者と主治医という関係となり、長い入院生活の傍らで究極のゲーム、仮面ライダークロニクルの攻略に大きく貢献。幻夢《ゲンム》コーポレーションの大株主でもあり、現在はアメリカでプロゲーマーとして活動している。

檀《だん》 黎斗《くろと》 ▼ 仮面ライダーゲンム

天才ゲームクリエイター。バグスターウイルスを蔓延させた悲劇の元凶。

かつて幻夢コーポレーションのCEOとして、そして仮面ライダーゲンムとして、ドクターとバグスターの戦いに介入。仮面ライダークロニクルの完成に向けて暗躍するがパラドの裏切りに遭い、消滅。その後ポッピーの手によってバグスターとして復活。自らを新《しん》檀黎斗《だんくろと》や檀黎斗神《だんくろとしん》と名乗り、衛生省の管理下に置かれながらも、自分の才能を利用した父・檀正宗《まさむね》に報復する為に永夢たちと一時的に共闘。その後脱獄し、才能の探求と革命を目指して世界に混沌をもたらしながらも九十九のライフが尽き、消滅。

Dear　君へ

プレイヤーの君へ。

まず初めにマイティノベルX《エックス》を手に取ってくれたことを心から歓迎しよう。


ゲームに造詣が深い君ならば説明書など読まないプレイスタイルだろうが、便宜上まずはこのゲームのチュートリアルから始めさせてもらおう。

マイティノベルXはゲームジャンルでカテゴライズするならばノベルゲーム――いわゆるアドベンチャーゲームの一種に分類される。言うなれば小説を読むような感覚で物語を体感するタイプのゲームだ。

巷《ちまた》にもこういったジャンルのゲームは散見されるが、それらと同類だと思われるのは甚だ心外だ。まるで別物の未だかつてないゲームであると思って頂こう。

マイティノベルXの主人公は他でもない君自身。

ゲームフィールドとなるのは今、君がいる現実の町だ。

この町にはマイティノベルXの物語を進める為の重要な場所《ノベルスポット》が点在している。

プレイヤーである君が実際にその足でノベルスポットに赴くとイベントが発生し、君はマイティノベルXの特殊空間《ゲームエリア》へと誘《いざな》われる。そこで君はゲーム内の登場人物と共にマイティノベルXの物語を旅するというわけだ。

マイティノベルXの世界に於いて基本的に君は傍観者であるが、同時に運命を司る存在でもある。

なぜなら発生したイベントには分岐点が存在し、君が登場人物の運命を正しく選択することで物語が先へと進み、ドラマチックなエンディングへと向かうからだ。

例えるなら……一本の木を想像してもらおう。

スタート地点は地面だ。

地面から一本の太い木が生えている。

君は木の頂点を目指してその幹を登っていく。

やがて木は枝分かれする。

君はその中から一本の枝を選び、さらにその先に進む。

間違った枝を選べば、木の頂点にたどりつくことはできない。

正解の枝を進み続けることによってのみ、君は木の頂点までたどりつくことができる。

そして木の頂点から見える光景こそがマイティノベルXのエンディングというわけだ。

ただし木の頂点からの光景は必ずしも見晴らしのいい景色とは限らない。

エンディングは必ずしも君が望む結末になるとは限らない。

しかしその結末こそ君が選択した運命そのものなのだ。

これまで私はゲームマスターとして、あらゆるジャンルのゲームを創造してきた。

そのどれもがプレイヤーの心を魅了し、興奮と感動を与える素晴らしい作品だったことは言うまでもない。それらの作品群の中でもマイティノベルXはとりわけ特殊な部類に入ると断言してもいいだろう。

ただし正直な話をしよう。

私はこのゲームを軽々しく公にすべきではないと考えていた。だからこそマイティノベルXの存在を詳《つまび》らかにすることなく封印し続けてきた。本来であれば永遠にプレイされることがないままお蔵入りになっていてもおかしくはなかった。それでも構わないとさえ思っていた。

なぜならこのゲームには門外不出の真実の物語が詰まっているからだ。

しかしマイティノベルXは現に君の手に渡った。そして君が実際にこのゲームをプレイしているということはおそらく、そうせざるを得ない運命が訪れたということに他ならない。

正直、私は今、興奮を禁じ得ない。

マイティノベルXはこれまでのゲームのように単にプレイヤーや敵キャラが勝ち負けを

競い合うだけのゲームではない。

このゲームには、今まで誰も語ることがなかった——あるいは誰もが語ることを避けてきた——全ての始まりの物語が記されている。

それは言うまでもなく君と私の物語だ。


人生とは壮大なゲームである。

地球という広大なフィールド。

オリジナリティ溢れる七十億人以上のプレイヤー。

そして各プレイヤーに与えられる無数のミッション。

例えば恋愛。

叶わぬ恋への挑戦か。身近な恋への妥協か。両想いなどという信じ難い奇跡か。

全てのプレイヤーが多くの挑戦と多くの妥協とごくわずかな奇跡によって人生という名のゲームを生き抜く。

例えば受験も。

仕事も。

結婚も。出産も。

生命が誕生すれば、君はまた新たなプレイヤーの保護者となり、ニューゲームをスタートさせる。

親である自分が子供の進むべき道を導くのか。子供自身の意志を尊重するのか。

自分自身のミッションを攻略する傍らで、子供のミッションにも気を配らなければならなくなる。

あらゆるプレイヤーが毎日のように試練を与えられる。後戻りのできない選択を迫られる。明日の運命に向かって戦い続ける。

ただひたすらハッピーエンドを目指して。

もちろん君も。そのゲームのプレイヤーの一人として、数多《あまた》ある試練を乗り越えながら今日に至った。

そして君という人間が形成された。

そう……あの時も……。

全ては君から始まった。

たった一通の手紙が君の運命を変えた。

しかし君はまだ知らないだろう——知らないふりをしているだけかもしれないが——君の運命はそれ以前に、君の命が誕生したその時点から決まっていたと言っても過言ではないことを。

それこそが君の起源。全ての運命は必然だったのだ。

引き返すなら今のうちだ。

一度マイティノベルXがスタートしてしまえば、おそらく君は途中でゲームを放棄することができなくなる。

物語から目を背けることができなくなるだろう。

マイティノベルXに秘められた運命の物語を旅する覚悟が君にあるか？

あるいは物語に仕組まれた真実を知ることによって、君の中の透き通った水晶が濁り、砕け散る危険だってあるだろう。

もし物語の結末までたどりつけなければ、君は物語からの亡命者となる。

君の水晶がゲームの世界を漂流し、二度と現実の世界に戻ることはない。

それだけのリスクを背負ってでも君はこのゲームをプレイするか？

ＹＥＳ……次の頁《ページ》に進むがいい。

ＮＯ……マイティノベルXをそのまま閉じろ。

やはり君は《YES》を選んだ。

愚問だったようだな。すでに君の心は決まっている。

そう……神の才能を持つ私には手に取るようにわかるぞ……。

君の飽くなき知的好奇心がその心を支配し、全身を巡る血の温度がわずかに上昇し始めている……。

冷静を装い、傍観者になろうとしてももはや手遅れだ……。

瞑想し、心臓の鼓動を感じてみるがいい……。

まるで君自身の管理下から逸脱したように……それは自由意志で鼓動している！

興奮を！

戦慄を！

あるいは破滅を！

君の身体が望んでいるゥ！

もはや君の運命の選択権は君自身にはない。

君が望もうが望むまいが、その手は勝手に動き出す。

なぜなら君がこのゲームをプレイすることもまた、必然の運命だからだ。

さぁ、もはやこれ以上のチュートリアルは無粋だ。

物語の始まりの一頁を開くがいい！

はたして君の運命はゲームクリアかァ！　ゲームオーバーかァ！
刮目《かつもく》するがいい！
君の運命のエンディングを！
ブェーハーッハッハッハッハッ！！！

彼方から　novel

黎斗《くろと》さんの消滅から三年が経過していた。

僕は相変わらず小児科とCRの二足の草鞋《わらじ》を履きながら、聖都大学附属病院のドクターとして患者さんの治療に当たっていた。

聖都大学附属病院は大勢の名医が在籍する国内最高峰の大学病院と言われている。

診療科部門は呼吸器内科。循環器内科。消化器内科。腎臓・内分泌・代謝内科。神経内科。血液内科。リウマチ・膠原病《こうげんびょう》内科。一般・消化器外科。呼吸器外科。心臓血管外科（飛彩《ひいろ》さんが在籍）。脳神経外科。小児外科。整形外科。形成外科。リハビリテーション科。小児科。産科。婦人科。眼科。皮膚科。泌尿器科。耳鼻咽喉科。精神・神経科。放射線診断科。放射線治療科（大我《たいが》さんがかつて在籍していた）。麻酔科。救急科。歯科・口腔外科。総合診療科。病理科。臨床検査科などがある。

他には内視鏡センターや手術センター、再生医療センターなどの診療施設部門。看護部や薬剤部などの診療支援部門。臨床研究・教育部門など。勤務している僕でも全ての部署を把握しきれないぐらいの部門があり、大勢の医療関係者によって支えられている。

聖都大学の附属施設としての病院であることから『教育』『臨床』『研究』の三つの機能を合わせ持っているのも特徴の一つだ。

もちろん患者さんの診療が主な業務だけど、同時に未来のドクターを育てる教育や、未知の病の治療法に関する研究も行われている。

僕が聖都大学医学部を目指したのも、それだけ設備と環境が整った最先端医療の現場でドクターとして学び、患者さんと向き合っていきたいという思いがあったからだ。

そして念願が叶い、僕は小児科医として子供たちの診療を続けている。

小児科は他の部署と違って幼い患者を相手にする為、患者さんとの向き合い方もちょっと特殊だ。病院が怖いところだと思われないように通常の診療以外にも気を配る必要がある。

僕の場合、小児患者とゲームを通じて交流することも多い。闘病はつらいことが多いから少しでも子供たちに笑顔になってもらいたくて。

この時ほどゲームが得意で本当によかったと思うことはない。

そもそもなぜ小児科を志したのか？

そこはやっぱり恭太郎《きょうたろう》先生の影響が大きい。

八歳の頃、交通事故に遭って生死の境を彷徨《さまよ》った僕を救ってくれた。そんな恭太郎先生のようなドクターになりたいと思った。

《ただ身体を治療するだけじゃない。心から笑顔になることが健康の証である》

恭太郎先生から学んだその考え方が今の僕を動かしている。

そしてもう一つ。聖都大学附属病院にはとても大切な部署があることを付け加えないといけない。

電脳救命センター、通称CR。

CRとはサイバーブレイン・ルームの頭文字をとった略称だ。

CRはこれまで長い月日をかけて未知のウイルスから人類の命を守る為、戦い続けてきた。

人体に感染するよう進化を遂げてしまったコンピューターウイルス——バグスターウイルスだ。感染するとバグスターウイルス感染症、通称ゲーム病を患い、高熱など様々な症状を引き起こす。

バグスターウイルスは患者のストレスによって増殖する。ストレスの増加によって患者の免疫力が低下し、バグスターウイルスを抑制する力を失うからだ。

一般診療と同様にCRの診療においても患者のメンタルケアは欠かせない。

バグスターウイルスをこの世から根絶することは気の遠くなるような話だけど、今ではゲーム病は根治可能であり、患者の命に関わる病ではなくなっていた。

それも全てCRと幻夢《ゲンム》コーポレーションが力を合わせて共同開発したゲーム病ワクチン

のおかげだ。ワクチンの開発に大きく貢献した貴利矢《きりや》さんには本当に頭が上がらない。

ゲーム病ワクチンが開発されたことで、僕たちドクターが仮面ライダーに変身する機会は少なくなっていた。

そもそも僕たちにとって仮面ライダーとは、ゲーム病患者を治療する為にバグスターウイルスを切除する――つまりゲーム病のオペをすることを目的に作られた医療システムだったからだ。

でも今ではゲーム病患者にワクチンを投与すれば、患者の体内に潜伏しているバグスターウイルスを死滅させることができるようになった。ゲーム病をオペ以外の手段で治療することができるようになったのだ。

もちろんＣＲがデータを把握している既存のバグスターウイルスに限るけれど。

技術の進歩と共に医療の未来が変わる。

それは昔も今も変わらない。

そしてこれからもきっと。

今後のＣＲの課題は一つ。

ゲーム病によって消滅してしまった患者たちの命を復元させる為の研究と治療法の確立

だ。

僕がまだ研修医だった頃、恭太郎先生にお願いして記者会見を開いたあの日のことは、今でも昨日のことのように覚えている。

データを命と呼べるのか。現代医療に突きつけられた命題だ。

あの日の記者会見の後も、一部の有識者からの風当たりは強い。《消滅した命を取り戻すなんて単なる机上の空論にすぎないのではないか》《保証のない理想論は遺族をいたずらに苦しめるだけではないか》って。

確かにそう考えたくなってしまう人たちがいるのも当然のことだ。

いつの時代だってそう。前例のないことに対して否定や反発をしたくなるのが人間というものだ。既成概念が覆されるということは誰だって最初は怖い。

でも僕は信じたい。というか信じている。

これまでの医療の歴史の中でも、不治の病だと思われていた病気が治るようになった例はある。

今は治らない病でも、近い将来医療の発達によって根治する可能性はある。

その為にも僕は戦い続ける。

ううん、僕だけじゃない。

医療の未来を信じている心強い味方だっている。

ＣＲで一緒に活動している飛彩さんだって。貴利矢さんだって。ポッピーだって。

決して忘れずに。

諦めずに。

信じ続ける。

なんて、ちょっと熱く語りすぎちゃったかもしれないけど、それだけの揺るぎない信念が僕たちＣＲのドクターにはあるってこと。


消滅した人の命を取り戻す研究は、主に再生医療センターで行われていた。

研究チームのリーダーは遺伝子医療の名医であり、病院一の美人女医でもある八乙女《やおとめ》紗衣子《さいこ》先生だ。

紗衣子先生があの財前美智彦《ざいぜんみちひこ》の一人娘だって知った時はガチで驚いたし、紗衣子先生とは今まで色々あったけど、今では良好な関係を築いていた。初めは人命を脅かすバグスターに対して一方的な偏見を持っていた紗衣子先生だったけど、ポッピーやパラドとも協力し合っている。白衣を着る者同士、消滅した人たちの命を救いたい気持ちは同じ。争う理由なんてない。

あ。そういえば。

貴利矢さんの情報網によると、うちの病院で働く男の半分以上が紗衣子先生を一度は口説いたことがあるって聞くけど、本当かなぁ？

この前も貴利矢さんから「永夢《えむ》。お前も紗衣子先生を口説いたんじゃないだろうな。嘘ついても自分には通用しないぞ？」って訊かれたけど……ないない。

もちろん紗衣子先生はすごく美人だと思うし、あんな人と交際できる男は幸せ者だなって思うけど、僕はどっちかっていうと美人系よりも可愛い系の方が好きかな。

ポッピーみたいな。

あ、いや、別に深い意味があるわけじゃないよ？

そもそも僕は今、小児科とCRの掛け持ちで恋愛とかしてる時間も余裕もないし。

ただポッピーとはゲームっていう共通の趣味があって、人の命を守りたいって気持ちも同じで。いつも近くにいるのが当たり前になってるけど、そばにいてくれるとしたらああいう子がいいなあとは思う。

何より。ポッピーの声が好きなんだ。

歌声はもちろん。何気ない笑い声とか、驚いた時の「ピプペポパニック～っ！」とか、たまに煩《うるさ》すぎて耳を塞《ふさ》ぎたくなるような叫び声とか。全部引《ひ》っ括《くる》めてあの子の声がね。

こんなこと誰にも言ったことないし、言うつもりもないけど。

……うん。まあ。ちょっと話が逸れちゃったかもしれないけど、紗衣子先生が率いる研究チームは今、黎斗さんが遺したゴッドマキシマムマイティX《エックス》ガシャットの内部データに関する研究を進めている。

未だに信じられないことだけど、バグスターだった貴利矢さんの身体が生身の人間の状態に復元されたんだ。

その原因として、黎斗さんが開発したゴッドマキシマムマイティXが関係しているのは間違いない。

貴利矢さんは生身の身体を取り戻したことで第二の人生……っていう表現が正しいのかどうかわからないけど、とにかく人生を再スタートさせている。

つまり消滅した人たちを復元させる治療法が見つかるかもしれないってことだ。

だから僕は医療を信じる。

未来を信じる。


その日の小児科業務を終えた僕はＣＲに向かった。

再生医療センターとの連携を貴利矢さんに任せていたので、進捗状況を聞いておきたいと思ったからだ。

医局に繋《つな》がっている螺旋階段を上がり始めた時、ポッピーの甲高い声が鼓膜をつんざいた。

「えええええ⁉　サイコ先生からデートに誘われた⁉」

え、デート⁉　誰が⁉

急いで階段を駆け上がると、医局にはポッピーと飛彩さん、貴利矢さんが揃っていた。

ポッピーはいつものイエローのコスチュームにカラフルなドット柄のスカート。

飛彩さんは淡いブルーのYシャツ。ボーダー柄のネクタイ。濃紺のスラックスパンツ。そして白衣。

貴利矢さんは派手なアロハシャツ。ジーパン。そして白衣。

みんなお馴染《なじ》みの格好でコーヒーを飲んでいた。

貴利矢さんのコーヒーカップのそばには大量のシュガーとポーションクリームの空容器が転がっている。相変わらず尋常じゃない甘さで飲んでいる。

そんなに苦手ならコーヒーなんて飲まなきゃいいのに。

「小児科医。今日は上がりか」

飛彩さんは僕を小児科医と呼ぶようになっていた。人のことを職業とか肩書で呼ぶのは飛彩さんの昔からの癖だ。

確かに僕はもう研修医じゃないし、当然と言えば当然かもしれないけど。なんか未だに慣れないというか……ちょっと気味が悪い。

「それより今、紗衣子先生からデートに誘われたって……？」と僕はみんなに訊ねた。

「はーい」

そう言って得意げに手を挙げたのは貴利矢さんだ。

「え、貴利矢さんが？」

「何、意外そうな顔してんだよ永夢。自分が何の為に監察医務院への復職を断ったと思ってるわけ？」

「え……貴利矢さんにしかできないことがＣＲにあるからじゃ？」

「バッカ、紗衣子先生が近くにいるからに決まってんだろ」

「えええ、そうなの⁉　つまりキリヤとサイコ先生ってそういうカンケイ⁉　もうピプペポパニックだよ〜っ！」

どうせ貴利矢さんお得意の嘘だ。

紗衣子先生を本気でモノにしたいって思ってるわけじゃなくて《美人をノせてあげるのが男としての礼儀だ》っていう貴利矢さん流のコミュニケーションに違いない。

そっちがその気ならこっちもノッかるだけだ。

「よかったじゃないですか」

「まぁな。毎日毎日医療バカとゲームバカとばっか顔突き合わせてたら、幸せが逃げちまうからな」

「医療バカとはなんだ！」

「ゲームバカって私のこと⁉」

飛彩さんとポッピーが即座に反応した。

「いちいち反応するのは自覚してる証拠だ」

グサッという音が聞こえた気がした。貴利矢さんの鋭い返しが飛彩さんとポッピーの心に突き刺さったみたいだ。

こういう時はスルーに限る。貴利矢さんに口で敵《かな》うはずがないんだから。

「ま。バカさ加減で言ったら、あの先生もどっこいどっこいだけど。まさかホントにアメリカ行っちゃうとはねえ」と貴利矢さんが甘いコーヒーを一口飲んだ。

「開業医と一緒にするな」と飛彩さんがムキになっている。

飛彩さんは大我さんを《無免許医》ではなく《開業医》と呼ぶようになっていた。衛生省からゲーム病専門医としての活動を認可された大我さんがゲーム病専門のクリニックを経営していたからだ。

それにしても大我さんのことは僕も驚いた。

彼は今、花家《はなや》ゲーム病クリニックを一時的にお休みして、アメリカに滞在しているニコちゃんに会いに行っていた。

ネットニュースで知ったことだけど、ニコちゃんはアメリカで数々のゲーム大会を総嘗《そうな》めにして賞金を荒稼ぎしていた。まああの子の腕前を考えれば当然の結果だし、対戦相手には同情したくなっちゃうけど。

で。どうやらニコちゃんが毎日ゲームに熱中する不規則な生活から、風邪をこじらせたらしい。

僕も高校時代に経験があるからよくわかる。ゲームをやっている最中はアドレナリンが出まくってて気にならないんだけど、気づいたら徹夜してたり食事もほとんど口にしなかったりで。身体を壊すのは当たり前だよね。

で。大我さんが電話一本でニコちゃんに呼び出されて渡米することになったんだ。

大我さん曰く、訪問診療ってことらしいけど、風邪の診療でアメリカまで行くなんてどうかしてる。頭がおかしいとしか思えない。

もちろん風邪だって危険な病気だし、ちゃんとドクターの診療を受けるべきだと思うけど、アメリカにだって優秀なドクターはたくさんいるはずだし、大我さんじゃなきゃダメな理由なんて一つもない。

まあそれでも、大我さんに診てほしいと思うニコちゃんがいて、ニコちゃんを診てあげたいと思う大我さんがいたってことかな。

相変わらず仲良さそうで何よりってことで。

貴利矢さんはそんな大我さんとニコちゃんの話題を引き合いに出して、恋バナを展開し始めた。

「ま。白髪先生に負けるつもりはないけどね。今んとこ恋のレースは自分が独走状態でしょ」

「別にお前と競うつもりなどないが、俺が毎日オペだけしていると思ったら大間違いだ」

そう言って飛彩さんは鞄《かばん》から小さな箱を取り出した。

よく見ると指輪ケースだ。

ポッピーが好奇心に満ちた眼差しで飛彩さんに駆け寄る。

「それって指輪⁉ なんでなんで⁉」

「小姫《さき》の為に用意した」

小姫さんの為に？　え、それって……。

「ゲーム病の再生医療技術が進歩して、消滅者を……小姫を蘇《よみがえ》らせることができたら、プロポーズするつもりだ」

「ププ、ペポパピ、プロポーズ！？？？」

あまりの爆弾発言に、ポッピーがおもわず頬を赤らめて驚いた。

僕もおもわず口を開けたまま何秒か固まった。

でも貴利矢さんだけは意外にも驚いた様子はない。

もしかして気づいてたのかな？

だからあえて恋バナをけしかけたりして……。

「大先生。よくそんなどストレートなこと真顔で言えるな」

「言っている意味がわからないな。伴侶として生涯そばにいてほしい相手に指輪を用意するのは当然のことだろう。俺は今までずっと小姫に対する後ろめたい気持ちに支配されていた。小姫のストレスの原因になってしまった罪悪感。あいつの目をきちんと見てあげられなかった後悔。そばにいることが当たり前だと思っていた慢心。しかし今は違う。俺の心はすでに決まっている。もはや他人に隠すような後ろめたいことでもない」

意外と言えば意外だけど、飛彩さんらしいと言えば飛彩さんらしいのかもしれない。

出会った時から飛彩さんは思ったことをストレートに言葉にする人だった。

初めの頃はそのことに戸惑って喧嘩することもあったけど。飛彩さんはいつだってブレなかった。

ただ小姫さんのことだけを除いて……。

飛彩さんが唯一、本心と裏腹な言動をとっていた時期があった。

檀正宗《だんまさむね》が仮面ライダークロノスとして僕たちの目の前に現れた時だ。

飛彩さんと戦わなければならなくなった時は本当に心が苦しかった。今でもあの時の僕の選択が正しかったのかどうかなんて正直わからない。

だけどあの時、僕は知った。飛彩さんがずっと《患者の私情に関わるな》と言い続けていたことの真意を。

ドクターは時に非情な決断を下さなければならない時がある。

例えば大規模な事故や災害で重体の患者が大勢搬送された時。もちろん全ての患者を救いたいという想いはどのドクターも同じだけど、人手と設備に限りがあれば必然的に救える患者から治療していくしかない。その結果、別の重体患者が手遅れになってしまったとしても……。

飛彩さんと対峙した時、僕は目の前の救える患者を優先した。小姫さんのことを諦めたつもりなんてこれっぽっちもないけど、結果としては小姫さんを救おうとした飛彩さんの想いを妨害したことには変わりない。

それでも飛彩さんと僕が今こうして変わらずにいられるのは、心の底で相手の決断も間違っていないとお互いに認め合っていたからだと僕は思う。

そんな逆境を乗り越えて飛彩さんは小姫さんとの再会を果たした。

限られた時間だったとは聞いているけど、飛彩さんは自分自身の想いを伝えることができた。小姫さんの笑顔を取り戻すことができた。

だからこうして帰ってきたんだ。医療だろうと小姫さんとのことだろうと何事にも一途でストレートな飛彩さんらしい飛彩さんが。

ふと見ると、ポッピーが穏やかな笑みを浮かべていた。

「ヒイロらしい……サキさん、きっと喜ぶよ」

うん、そう思う。絶対喜ぶ。

僕も微笑《ほほえ》まずにはいられなかった。

「挙式の際はお前たちの席も用意しておいてやる」

「キョシキ！　えーっ、ヒイロ待って待って！　キョシキって言ったらあれでしょ？　今までお世話になったお父さんとお母さんに感謝の手紙とかあるんでしょ⁉　やだ！　ヒイロとあの院長の真面目なツーショットとか見たら、私絶対泣いちゃう！！！」

「確かに。僕もうるっときちゃうかも」

「マジか。自分は泣けるかなあ。泣けそうにないなあ」

「貴利矢さん。薄情」

「だって大先生の家族のこととかほとんど知らないだろ」

言われてみれば確かに。

病院にいる時の飛彩さんと院長のことはずっと見てきたけど、あくまでドクターとしての顔だし、今までどんな親子関係だったのかなんて想像もつかない。

「ヒイロの家族……」とポッピーが呟《つぶや》いた。

僕たち三人は飛彩さんをじっと見つめた。

僕たちの知りたいオーラを察したのか飛彩さんが語り出した。

「別に。どこにでもある家族だ。鏡《かがみ》家は曾祖父の頃から代々医師家系でな。父と母と俺。兄弟はいない。親父はかつて神の手を持つ外科医と称され、多くの癌摘出手術や臓器移植手術を成功させてきた。しかし家ではそんな素振りを一切見せず、冗談ばかり口にして家庭に明るい笑いをもたらそうとしていたようだ。もっとも、笑っていたのは母だけで俺は笑ったことはないが」

「そうだったんですね。どこにでもある家族かどうかはわかりませんけど」

貴利矢さんの眉がわずかにハの字になった。

「……息子に笑ってもらえなかったってくだりは泣けるな」

ポッピーが好奇心に満ちた眼差しで飛彩さんを急かした。

「お母さんは⁉　お母さん！」

「母は奇跡の獣医と称され、治療不可能と思われていた多くの動物の命を救ってきた。それも身体の治療だけでなく動物の心のケアも含めてだ。本人曰く、動物と会話できるからだそうだが、真偽の程は俺にもわからない」

飛彩さんと院長に負けず劣らず、お母さんのスペックもかなり仕上がっているな……。

「あとは父方の伯父がアメリカの大病院の理事で。母方の伯父はドイツの有名医大の教授。その伯父の息子が今、紛争地帯で軍医を」

「あー、もういいもういい。濃すぎる。つーか完全にチート一家だな」と貴利矢さんが遮った。

「ほんと嘘みたいな家族ですね。飛彩さん家」

「けど大先生、嘘はついてない。そもそも嘘つけない性格だしな」

「そんな家族ならヒイロみたいな人が生まれるのトーゼンだね。えー、じゃあじゃあキリヤの家族は⁉」

貴利矢さんの家族。確かに気になる。

あのクリスマスの日。貴利矢さんがゲームオーバーになって一度消滅した時、僕たちはその事実を親族や友人に告知できずにいた。その時はまだバグスターウイルスが人体を消滅させる危険な存在であることが公にされてなかったという理由もあるけど、何よりも貴利矢さんが死んだなんて思いたくなかったという気持ちが強かった。もしドクターが親族に告知してしまえば全てを事実として認めたことになってしまうから。

「自分の家族、訊いちゃう？　言っとくけど大先生に負けず劣らずよ？」と貴利矢さんがノリノリな口調で告げた。

え。飛彩さんの家族に負けないって、どんな家族なんだ……。

「うちは警察一家でさ。親父が警視庁の参事官でしょ？　おふくろがＦＢＩで。上の兄貴がＣＩＡで、下の妹がＮＡＳＡ」

「嘘ですね」と僕はきっぱりと遮った。たぶんかなり冷たい眼差しもプラスして。

「あれ、ノってくんない？」

「ノせられませんよ。だいたいNASAって。警察じゃないし」

「もぉ～キリヤ！　一瞬信じかけたじゃん！　ホントのこと言って！」

「リアルは両親とも……世界を股に掛ける冒険家だ」

「それ以上の冗談はノーサンキューだ」

「じゃあシェフ」

「じゃあって。投げやりが過ぎます」

「わかったって。白状すると、牛のケツから岩塩を採取してるハワイの仙人」

「もうどこから突っ込んでいいかわかりませんよ」

そんな束の間の茶番の末、貴利矢さんは口元を緩めて笑ってみせた。

《はは》でも《にこっ》でもない。《にや》って感じで。

「確かにそんな家に生まれてたら自分の人生もまるっきり変わってただろうな」

……確かに。

……僕も家族が違っていたら人生が変わっていたのかな。

ゲーム的に表現するなら、全ての人は生まれた時に家族という設定を与えられる。家族の血を受け継いだステータスを持つ人間になって、人生という名のゲームをスタートさせるんだ。

ステータスが変われば当然、思想や能力だって変わる。

もし牛のケツから岩塩を採取するハワイの仙人の息子として生まれたとしたら、貴利矢さんは監察医になってなかったはずだ。たぶんグレてまともに勉強してなかっただろうから。

「でで？　エムは⁉」

ポッピーが突然、大きな目で僕を覗《のぞ》き込んできた。

「え？　何がですか？」

「家族！」

「ああ。僕は……普通です」

「普通とはなんだ。答えになってない」

飛彩さんが患者の患部を探り当てるように僕を見た。その目はまるでX線のようで胸の内の何もかもを全て見透かされる気がした。

……参ったな。

……僕の家族のことなんて、飛彩さんや貴利矢さんに比べれば面白い話でもない。

「普通の会社員でしたよ。父も母も」と僕は応えた。

「なんで過去形なんだ？」と飛彩さんが鋭く食いついてきた。

三人のX線的視線が僕を集中照射している。

「いえ。別に深い意味は……」

……僕のことなんてもういいじゃないですか。

……お願いだから話題を変えませんか？

そんな言葉が喉まで出かかった時、僕の心の願いが神様にでも届いたのか、話題を遮る乱入者が現れた。

医局の通用口のドアから院長が入ってきた。

「宝生《ほうじょう》君。やっぱりここにいたか。小児科を訪ねたらもう今日の業務は終わったと聞いたものでね」

そう言って院長は僕に小包を差し出した。

「今朝、ウチの病院の屋上に正体不明のドローンが不時着したらしい。しかも君宛ての小包を運んでな」

「僕宛てに？　一体誰が……」

「差出人は不明だ」

医局に不穏な空気が流れるのを感じた。

差出人不明。これが刑事ドラマなら爆弾でも入ってそうな危ない贈り物だ。

自分の目で小包を確認してみるが、やっぱり差出人の表記はない。

みんなが見守る中、僕は小包の包装を破り、中身を確認した。

入っていたのは——見たこともないガシャットだった。

シングルタイプの透明基板《RGサーキットボード》がついていて、外装筐体《アウターガードケース》は白を基調に黒いラインがデザインされている。ガシャットラベルには筆を持った白黒パンダのようなマイティが描かれていて、その上部にはゲーム名《MIGHTY　NOVEL　X》の文字。

「マイティノベルX……？」

「なぜガシャットが……小児科医。差出人に心当たりはあるか？」

「いえ。でも……」

ガシャットを作れる人間は限られる。

僕たちはすぐに黎斗さんの仕業かもしれないと見当をつけた。というよりも他にこんなことをする人間なんて存在するわけがない。

黎斗さんの才能ならドローンの自動操縦プログラムを開発して、三年後にタイマーを設定して送り届けることだって可能なはず。

でも、なんで三年経った今なのか？

黎斗さんが消滅する前に仕込んでいた物だとしたら、何を思ってこのガシャットを僕に送りつけたりしたんだろうか。

考えても始まらない。とにかくガシャットを起動してみるしかない。

僕が心の中でそう決意した時、全身の血が騒ぐような感覚に襲われ、僕の身体から大量のバグスターウイルスが噴き出した。

大量のバグスターウイルスが空中で混ざり合い、ヒト型に形成される。

僕の身体に入っていたパラドが自らの意志で分離したのだ。

「永夢。危険だ。よせ」

「パラド……」

「そのガシャットを起動するつもりなんだろ。俺はお前。お前は俺だ。お前の考えてることは俺にはわかる」

僕とパラドは一心同体の存在。お互いの心が繋がっている。

パラドが僕の心を感じ取って引き止めようとしたのだ。

「パラドの言う通りだよ！　もしクロトの仕業だとしたら何かの罠《わな》かもしれないよ！」

パラドやポッピーの指摘に、飛彩さんも同じ気持ちを抱いていたようだ。

「たとえ消滅したとしてもただでは終わらない。それが檀黎斗という男だ」

「ああ、飛彩の言う通りだ！　これ以上あの男に振り回される必要はない！」と院長も同調した。

そうだとしても……。

「確かめないわけにはいかない」と、まるで僕の心を読んだかのように貴利矢さんがぴしゃりと告げた。

「はい。このガシャットはもしかしたら……黎斗さんが僕に宛てた遺書なのかもしれません」

「遺書……？」とパラドが僕の心を確認するかのように呟いた。

「黎斗さんは誰にも真似できない才能でゴッドマキシマムマイティXを作り出した。貴利矢さんの身体を生身の状態に復元したんです。どれだけ罪を犯しても全く改心しなかったあの人が。医療が成し遂げられなかった奇跡を実現してみせた。その真意を……黎斗さんの本当の心を知りたいんです」

僕だけじゃない。みんなだってきっと同じ思いのはずだから。

「心配いりません。マイティノベルXがどんなゲームだろうとクリアしてみせますから」

僕の言葉に反論する人はいなかった。

みんなが僕を信じてくれたようだった。

僕は決意し、ガシャットの起動スイッチ《ブレイングスターター》に指をかけた。

瞑想し、一度だけ深呼吸した。胸の奥でざわざわしていた何かが少しだけ和らぎ、わずかな心臓の鼓動を感じる。

僕は起動スイッチ《ブレイングスターター》を押した。

透明基板《RGサーキットボード》が白く発光し、ガシャットの下部の内蔵音源拡声装置《ディレクショナルサウンダー》から音声が流れる。

『マイティノベルX《エックス》！』

ガシャットに内蔵された空間生成装置《エリアスプレッダー》からデータが放出され、周囲に特殊空間《ゲームエリア》が生成される。僕の背後にホログラムモニタが出現し、マイティノベルXのラベルと同じデザインのゲームスタート画面が映し出される。

その時だった。

おそらくガシャットに仕込まれていたと思われるバグスターウイルスが大量に噴出し、起動者である僕の身体に感染した。

まるで高熱が出た時みたいに全身の関節が軋《きし》み、呼吸が苦しくなる。僕は立っていられなくなり、床に膝をついた。

すぐに僕は状況を理解した。マイティノベルXのゲーム病に罹《かか》ったのだ。

「ほら、言わんこっちゃない！」

誰よりも早く駆け寄ってきた貴利矢さんが、僕の背中を支えて介助してくれた。

さらに飛彩さんが首にかけていたゲームスコープのイヤーケーブルを両耳に挿し込むと、スキャニングライトを僕に向け、スキャンボタンを押した。感染者である僕の体内に入りこんだバグスターウイルスの種類を画像診断する為だ。

ゲームスコープから空間に投影されたスキャンモニタに『NO DATA』の文字が映る。

「新種のバグスターウイルスか」と飛彩さんが顔色一つ変えずに呟いた。

既存のゲーム病であれば診断結果が出るはずだし、ゲーム病ワクチンを投与することですぐに治すことができる。でも新種のバグスターウイルスの場合はそうはいかない。

さらに僕たちドクターも予期せぬ事態が起きた。

医局の片隅にいたパラドもゲーム病を発症し、僕と同じ症状で苦しみ始めたのだ。

パラドは声にもならない呻き声を上げ、やがて昏睡状態になった。

何が起きているんだ。バグスターウイルスに感染したのは僕だけのはず。

なぜパラドまで……？

僕は意識が朦朧《もうろう》とする中で、わずかにポッピーの声が聞こえた気がした。

倒れたパラドを心配し、「大丈夫⁉」と必死に声をかけているようだった。

次の瞬間、僕の身体に再び電撃のような衝撃が走った。

パラドが分離した時と同じように、僕の身体から大量のバグスターウイルスが噴出。そのまま空中で混ざり合い、一体のバグスターの姿が実体化した。

今までに何度も戦ったことがある標準のヒト型バグスターウイルスだったが、黒いベースに紫色のラインが施された特殊な色合いになっている。

こんな色のバグスターウイルスは見たことがない。

僕は考えるよりも早くゲーマドライバーを取り出し、腰に装着した。

貴利矢さんが心配そうな眼差しで僕を止めようとする。

「おい、無理すんな永夢！」

「新種のバグスターウイルスはワクチンがありません。オペで切除するしか！」

「ならばオペは俺がやる。小児科医は下がってろ」

「いえ、僕が。みんなが止めてくれたのに聞かなかった。僕自身の責任ですから。心配いりません。ゲームなら誰にも負けませんから」

僕は白衣のポケットからマイティアクションXガシャットを取り出すと、起動スイッチ《プレイングスターター》を押した。

透明基板《RGサーキットボード》がピンク色に発光し、音声が流れる。

『マイティアクションX《エックス》！』

空間生成装置《エリアスプレッダー》からデータが放出され、周囲に特殊空間《ゲームエリア》が生成されると、背後のホログラムモニタにスタイリッシュなタイトルロゴ『MIGHTY ACTION X』が入ったゲームスタート画面が映し出される。

ゲームを起動した時、僕の中にいる《俺》が目覚めた。

ゲームをプレイする時はいつも気合が入る。

別に二重人格ってわけじゃない。車を運転してる時に性格が変わるやつっているだろ？

ま、それと同じようなもんだ。

ゲームをしてる時、俺の性格はちょっと好戦的になる。

「変身！」

マイティアクションXをゲーマドライバーの一つ目のスロットに装塡！

俺の周囲に各仮面ライダーの画像が映ったセレクト画面が回り始める。その中にあったエグゼイドのセレクト画面が正面に来た時、右手を前に突き出して選択。

俺はマイティアクションXの主人公マイティのデザインを模したピンクヘアの四頭身の戦士──仮面ライダーエグゼイド　アクションゲーマー　レベル1《ワン》に姿を変えた。

早速ゲームスタート！

……って言いたいとこだけど、狭い医局の中でゲームをするわけにはいかないな。

そんな時に便利なのが仮面ライダーに備わっている領域選択《ステージセレクト》機能。周囲の被害を抑える為に戦いの場所を仮想領域《ゲームステージ》に変える機能だ。

俺は左腰に装着していたキメワザスロットホルダーの領域選択《ステージセレクト》ボタンを押した。

ガシャットに内蔵されているいくつかの仮想領域《ゲームステージ》の選択画面が眼前の空間に出現する。

草原。海岸。森林。山奥。荒れ地。市街地。

俺は森林を選択した。ゲーム病に罹っちまったし、少しでもマイナスイオンを浴びたい気分だったからな。

医局にいた俺と黒いバグスターウイルスが森林の仮想領域《ゲームステージ》へと転送される。

青々とした木々が生い茂る森林。

周囲に漂う清々しい空気。マイナスイオン。

その中で俺は黒いバグスターウイルスと対峙した。

相手は言葉にならない声で何事か呻きながら戦闘態勢になっていた。

まずは敵の実力をお手並み拝見といこうか。

少しは俺を楽しませてくれよ？

俺はゲーマドライバーのレバーを引いた。

『レベルアップ！　マイティジャンプ！　マイティキック！　マイティマイティアクションX！』

俺は等身大のピンク色の戦士にレベルアップした。

エグゼイド　アクションゲーマー　レベル2《ツー》。

攻撃力のスペックはレベル1よりもやや劣るものの機動力が大幅にパワーアップした形態だ。時速百キロを超えるスピードで駆け抜け、十階建てのビルだって軽々飛び越える跳躍力を持つ。

「永夢！　油断は禁物だよ！」とポッピーの叫び声が聞こえた。

いつの間にか仮想領域《ゲームステージ》まで追いかけてきたみたいだ。少しだけ離れた木陰から戦況を見守っている。

俺を誰だと思ってる？　天才ゲーマーＭの力を見せてやる！

「ノーコンティニューでクリアしてやるぜ！」

俺はエグゼイドの専用武器ガシャコンブレイカーを取り出し、ハンマーモードで黒いバグスターウイルスに叩きつけた。

超高圧の衝撃波でバグスターウイルスなんて一瞬で分解！

……のはずが……。

なんと『ＭＩＳＳ』のエフェクトが発生した。

相手に加わるはずの強力な衝撃がまるまるガシャコンブレイカーを握る右手に跳ね返ってくる。

なんでだ。確かに命中させたはず。

俺はもう一度、渾身の一撃を繰り出した。ハンマーが確かにバグスターウイルスの頭部にヒットした。

が、またしても『ＭＩＳＳ』のエフェクト。

黒いバグスターウイルスは全く怯《ひる》んでいない。それどころかカウンター気味に連続パンチを繰り出してくる。攻撃に集中しすぎたあまり防御することを忘れ、俺は強い衝撃を受けて後方に吹き飛ばされた。

変身者の残存体力を示すライダーゲージが一気に半分ほど減少し、強制的に変身解除させられてしまった。

俺は白衣を身に纏《まと》った元の姿に戻った。

本来ならゲームが中断されれば俺は僕の性格に戻るが、今はまだ早い。ゲームはまだ終わってないからな。

それにしても何かがおかしい。

純粋なスペックでいえば、この程度のバグスターウイルスにエグゼイドが押し負けるはずがない。

……待てよ。

前にもこれと似たような現象を経験したことがあるぞ。

単純な力比べでは攻略できないバグスター。そう、恋愛ゲーム、ときめきクライシスのバグスター・ラヴリカだ。

あの時は恋愛ゲームというジャンルの特性上、いくら高レベルで強力なスペックでも力でラヴリカにダメージを与えることができなかった。

つまりこの黒いバグスターウイルスも……。

「なるほど。マイティノベルXは単純な力業で戦うゲームじゃないってことか」

「ブハハハ！」

突然、黒いバグスターウイルスが不気味な笑い声を上げた。

本来なら喋《しゃべ》るはずのないバグスターウイルスがなぜ……？

「さすがは天才ゲーマーM。私のゲームの秘密に気づき始めたようだな」

その声のトーン。他人を侮蔑する独特の喋り方。聞き覚えがある。

「その声は……ゲンム……？」

「えええええ、クロトがなんで⁉ ピプペポパニックだよーっ！」

ゲンムは消滅したはず。やっぱり何かがおかしい。

黒いバグスターウイルスがまるで紳士的な手品師のようにお辞儀してみせた。

「私の名はクロト※※《ピー》」

クロト……ピー？

名前を名乗ったみたいだけど……妙だ。

『クロト』の部分まではゲンムの声色で聞こえたけど、『ピー』の部分だけ妙な電子音に聞こえる。まるでモラルを欠いた放送禁止用語を伏せる為に流れる効果音のように。

……放送禁止用語？　まさか！

「……黎斗って名前の後にピー音が入ってるんだ」

「ピー音？　どういうこと、エム？？？」

「パピプペポが得意なくせにそんなこともわからないのか？　放送禁止用語だよ。新檀黎《しんだんくろ》斗《と》でも檀黎斗神《だんくろとしん》でもない、聞くに堪えないモラルの欠片《かけら》もない名前ってことかもな」

「えええええ!? それってどんな名前!?」

「知るかよ。ていうか名前なんてどうだっていい。とにかくあのクロトピーについて……あ、とりあえずそう呼ぶことにしとくぞ?」

「わかった!」

「クロトピーについて今わかってることは二つ。ゲンムが作り上げたマイティノベルXのバグスターだってこと。それにおそらく……ゲンムの思考ルーチンそのものがプログラムされてるってことだ」

「じゃあクロトそのものを相手にしてるって考えていいの!?」

「ああ……ってことでいいんだろ? クロトピー」

「ご想像にお任せするよ」

「お前の目的はなんだ」

クロトピーは深呼吸すると、予言者のお告げのような口調で呟いた。

「……真実はノベル」

俺たちは固唾《かたず》を呑んで次の言葉を待った。

あいつはいつだってそうだった。あいつが何かを勿体《もったい》ぶる時は大抵、俺たちが知らないろくでもない事実を暴露してくる。

「…………」

ん？　どうした？　クロトピーのやつ、口を閉ざしたままだ……。

「……なんだよ。述べるならさっさと述べろ！」

「ノベル。つまり真実は物語の中にある」

「……物語……ノベル……あ。そっちのノベルか」

クロトピーはマイティノベルXのバグスター。ノベルは英語。和訳すると小説って意味だもんな。

それにしても、真実は物語の中にあるってのはどういうことだ？

「おいクロトピー。お前何のゲームをしでかす気だ？」

「……プレイヤーの君へ。

まず初めにマイティノベルXを手に取ってくれたことを心から歓迎しよう。

ゲームに造詣が深い君ならば説明書など読まないプレイスタイルだろうが、便宜上まずはこのゲームのチュートリアルから始めさせてもらおう。

マイティノベルXはゲームジャンルでカテゴライズするならばノベルゲーム――いわゆるアドベンチャーゲームの一種に分類される。言うなれば小説を読むような感覚で物語を体感するタイプのゲームだ」

クロトピーのやけに長い演説が始まった。

その内容は早い話、マイティノベルXのゲームルールの説明だ。

ところどころ癇《かん》に障る煽《あお》り文句が挟み込まれたけど、無心でスルーした。

「もし物語の結末までたどりつけなければ、君は物語からの亡命者となる。

君の水晶はゲームの世界を漂流し、二度と現実の世界に戻ることはない。

それだけのリスクを背負ってでも君はこのゲームをプレイするか？」

その時、俺の眼前にホログラムモニタが出現し、まるでクイズゲームみたいな二択が映し出された。

《YES……次の頁に進むがいい》

《NO……マイティノベルXをそのまま閉じろ》

「……答えは《YES》だ」

「……やはり君は《YES》を選んだ」

当たり前だ。そこにゲームがある限りプレイする。

それが天才ゲーマーMだからな。

その後もクロトピーはなんかグダグダ言っていたが聞き飛ばした。

俺は説明書は読まないプレイングスタイルだからな。

チュートリアルなんて飛ばすに限る。

「——さぁ、もはやこれ以上のチュートリアルは無粋だ。

物語の始まりの一頁を開くがいい！

はたして君の運命はゲームクリアかァ！　ゲームオーバーかァ！

刮目するがいい！

君の運命のエンディングを！

ブェーハーッハッハッハッハッ！！！」

「やってやろうじゃないか。どんなゲームだろうと、天才ゲーマーの腕でクリアする……パラドと俺の運命は、俺が変える！」

このゲームを攻略してクロトピーを撃破すれば、俺とパラドのゲーム病は治るはず。

俺たちの身体は俺自身の手で治療してみせる。

「ならば始めようじゃないか。禁断のゲーム。マイティノベルXを」

その言葉を最後に、クロトピーはデータ化して森林の仮想領域《ゲームステージ》から消えた。

一陣の風が吹き、木々が揺れてさざめいた。

不吉な運命を暗示する死神の笑い声のように聞こえた気がした。

気がしただけだ。

きっと気のせいだ。

CRの医局。

仮想領域《ゲームステージ》から僕とポッピーが帰還したが、医局には誰もいなかった。

医局の窓から病室を覗くと、ベッドに昏睡状態のパラドが横になっていた。

飛彩さんと貴利矢さんが看病してくれている。

あの二人がいてくれればパラドのことは心配ない。

症状が悪化しないうちにマイティノベルXを攻略しなければ。

「クロトピーがチュートリアルで言ってたこと。マイティノベルXの主人公は僕自身で、ゲームフィールドは今、僕たちがいる現実の町だって」

「うん。この町のどこかにノベルスポットがあるって言ってたよね⁉」

「心当たりがあります」


聖都第四地区。閑静な住宅街の路上。

僕はCRの救急バイクの運転席に跨《またが》り、アクセルを回していた。

後部座席に乗っているポッピーはしがみつくように僕の腰に腕を回している。

記憶というのは不思議なものだ。

もう何年も訪れていない町にも拘《かかわ》らず、土地鑑がありありと蘇る。

毎日通った通学路。

坂道が異様に多いことが理由なのか、この地区は商業的にはそれほど発達してなくて、町の大部分を住宅が占めている。

マンションよりは一軒家が多く立ち並んでいて、門や電柱の至るところに『猛犬注意』のシールが貼ってあり、住み慣れた人間でさえ突然の大型犬の鳴き声に驚かされる。アクションゲームとかに登場する『土管から突然飛び出してくる人喰い植物』みたいだと当時はよく思ったな。

寝起きの通学にはわりとしんどかった急勾配の上り坂は太腿の筋肉に試練を与えて、帰宅時になると足腰に地味なダメージを与える悪魔の下り坂に変貌を遂げる。ＲＰＧとかに登場する『通るとＨＰが減るダメージ床』みたいに。

子供の頃からゲームが好きだった僕は、そうやって日々の風景や出来事をよくゲームに置き換えて考えていた。

自分の体力がＨＰ１００だと仮定すると、好物のハンバーガーを一つ食べればＨＰ20回復だとか。タイル張りの道路を歩く時、規則正しい法則でタイルを一つずつ踏んで歩き続ければノーミスクリアだとか。よく軒先で日向ぼっこしてるお爺ちゃんなのかお婆ちゃんなのかわからない絶妙なお年寄りを見ると、与えられた台詞《せりふ》しか喋らないＮＰＣみたいだなって思ったり。とか。

よく世間じゃ、ゲームばかりしていると廃人になるとか言われてるけど、僕にとっては悪いことばかりじゃなかったと今でも思う。

こうして見渡す町の光景にゲーム的なロジックが加わって想像力を掻き立てられるというか、ただ見たまんまの即物的な解釈だけじゃなくて、空想の物語が無限にいくらでも浮かんでくるっていうか。たぶん好きだからなんだけど、ゲームのことを考えている時は時間を忘れた。体感で言えば一時間が五分くらいに。

なんて考えているうちにあっという間に目的地についた。

救急バイクを停めると、僕とポッピーはヘルメットを外してバイクから降りた。

目の前には四台分の駐車スペースがあるコインパーキングが見える。こんな住宅街で利用する人なんているのか疑いたくなるような立地なのに、しっかり三台の車が停まっている。二台はよくあるファミリーカーで、一台は近所の工務店の社用車だ。

「ここがエムにとって重要な場所なの？」

「……うん」

コインパーキングの並びには見慣れた一軒家の住宅がいくつも建っていた。たぶん人生史上一番お世話になった自動販売機も健在だ。

「このコインパーキング。昔、僕が住んでいた家があった場所なんだ」

「えっ……そうなんだ。ここにエムの実家が？」

「うん。僕が育った町」

「へえ～、この町でエムが……」

ポッピーは好奇心に満ちた眼差しで一つ一つ見落としがないように町の景観を眺めていた。特に面白くもない普通の住宅街にも拘らず遊園地のアトラクションでも眺めるみたいに。ただ僕が住んでいた町という理由だけで。

ポッピーには時々、人間離れした優しさを感じることがある。

いや、人間じゃないんだけどね。

もちろんバグスターは自分のゲームの世界観のことしか知らずに生まれてくるから、外の世界のことを新鮮に感じるってこともあるとは思う。

でもそれだけじゃない。

飛彩さんや貴利矢さんの家族のことを知りたがった時もそうだけど、どんな物事にも好奇心を抱く優しさがポッピーにはある。

そんなポッピーが僕は好きだった。

……そんなポッピーにになら打ち明けてもいいのかもしれない。

……ポッピーならもしかしたら受け入れてくれるかもしれない。

……僕の家族のことを。

……僕の過去を。

そんな想いが一瞬脳裏をよぎったけど、すぐに頭を振って掻き消した。作りたての冒険の書を消すように。

僕は決意し、コインパーキングのすぐそばまで近づいた。

マイティノベルXの主人公である僕のイベントが発生するとしたら、ノベルスポットの一つは必ずここに違いない。

「……何も起きないね」とポッピーが呟いた。

「何かイベントを発生させる条件があるのかもしれない」

「条件？」

「マイティノベルXは黎斗さんが僕に向けて用意したゲームです。無関係な一般の人たちがゲームに巻き込まれないように何か細工している可能性があります」

「そっか！　だとしたら永夢にはできて、一般の人たちにはできないことが条件ってことかな？」

僕にできて一般の人たちにできないこと。

僕は試しにゲーマドライバーを取り出し腰に装着してみた。

予感は的中した。

『マイティノベルX！　イベントスタート！』

ゲームのイベント発生を知らせるシステム音声がどこからともなく響き渡った。

黎斗さんはこんなゲームを送りつけて、僕にどんな物語を見せる気でいたんだろう。

その物語が導く運命は光か。闇か。

いずれにしろ覚悟はできている。

どんな物語だろうと目を背けずに、その全てを見届ける。

やがて周囲の光景がモザイク状に歪んだ。

僕たちはマイティノベルXの特殊空間《ゲームエリア》に誘われた。


平凡な一軒家。

白い外壁に臙脂《えんじ》色《いろ》の瓦屋根。二階建て駐車場付きの3LDK。

そんな家の一階の大部分のスペースを占める居間。

取り柄のない木製の調度品が必要最低限の分だけ並べられた埃《ほこり》一つない室内に、僕とポッピーは佇《たたず》んでいた。

台所の食器棚に納められた統一性のないデザインの食器たちだとか、テーブルの天板のど真ん中に君臨していたやけに目立つ大きな木目だとか、よくもこんな細部まで再現したなと思うくらい、紛れもなく僕が住んでいた家だった。

特殊空間《ゲームエリア》ではあるけど、あまりの懐かしさからか当時住んでいた頃の部屋の匂いがした気がした。調度品の材料に使われた檜の匂い。台所のシンクに溜まった洗い物から漂う残飯の匂い。なんかよくわからないけど家全体から醸し出されている何かの匂い。それら全ての匂いがブレンドされ、宝生家の匂いとなって室内を占拠していた。

でも実際には、特殊空間《ゲームエリア》で匂いは再現されていない。

あくまで僕の記憶の奥底に眠っていた、過去に対する僕個人の偏見と誇張が多少はプラスされた匂いだ。

僕は何も言わずに居間を出ると、ちょっとだけ不親切に段差が高い木製の階段を上がって二階に向かった。

ポッピーは僕の表情からこの場所の正体を察したのか、何も言わずに僕の後をついてきた。

階段を上がると、三つの部屋にそれぞれ繋がる三つの扉が、試練の洞窟の関門のように待ち受けていた。

階段から一番遠い奥のドアは親の寝室。その手前のドアは父親の書斎。そのどちらも滅多なことでは足を踏み入れなかった。僕にとっての魔窟だ。

さらに手前にある階段から一番近いドア。その取っ手に手をかけた。心なしか取っ手の位置が低く感じる。

ドアを開けると、六畳一間の懐かしい空間が広がっていた。

木製のシングルベッドに無地のシンプルな布団一式。十五インチテレビ。午後になると眩《まぶ》しい西日が差し込む小窓。

そして座った記憶が薄れかけていた勉強机に――一人の少年が座っていた。

少年は僕たちが来たことに気づかず、夢中になって便箋《びんせん》に何かを書いている。

僕は少年に近づき、便箋を見た。

薄れかけていた記憶が謎解きゲームの答え合わせのように少しずつ蘇って符合していく。

便箋には古代の象形文字のような下手くそな文字でこう書かれていた。

げんむこーぽれーしょんのしゃいんさんへ
こんにちは。おげんきですか。
ぼくはげんむこーぽれーしょんのげーむがだいすきです。
とくに、まいてぃあくしょんがだいすきです。
ぼくがげーむをかんがえたので、
このげーむをつくってください。
よろしくおねがいします。

ほうじょうえむ

僕の脇から便箋を見たポッピーが張り詰めた声色でぼそりと呟いた。

「エム……君？」

勉強机の脇には同じ便箋が何枚も重ねて置いてあり、一番上の便箋には《ぼくのかんがえたかつてないゲーム》という見出しと共に、橙色《だいだいいろ》と翠色《みどりいろ》の二人組のヒーローらしきイラストと、赤色の四角いロボットのような物体が描かれている。

イラスト付きの方の便箋には《ゲーム》と片仮名で書けているのに、なんでたった今書いていた手紙には《げーむ》と平仮名で書いてるんだろう。詰めが甘い。

手紙を書き終えてようやく気配に気づいたのか、少年が僕たちの方を振り向いた。

突然の来訪者である僕たちを怖がっている様子はない。

それもそのはず。この少年もこの家と同様に再現されたマイティノベルXの登場人物にすぎないのだから。

「何を書いてたの？」と自分が思っていたよりも驚くほど穏やかな声で少年に訊ねた。

「ふぁんれたー。げんむこーぽれーしょんにおくるんだ」

少年の小さな口元から発せられたのは、ほぼ全てが平仮名に聞こえるような幼い声だった。

かつての自分自身と会話するなんて、タイムスリップを題材に扱うB級SF映画でも禁じ手にするようなシチュエーションだったが、実際にこうして体験してみると意外に悪くない気分だった。押し入れの奥底に封印されていた玩具が見つかったような妙な気恥ずかしさはあったけれど。

「ゲーム好きなの？」

「うん」

「どんなゲームが好きなの？」

「ぜんぶすき。でも、あくしょんがすき」

《でも》の使い方が間違っている。本当に子供だ。

「幻夢コーポレーションのファンなんだ」

「うん。だからぼくがかんがえたゲームをつくってくれないかなって」

「作ってくれるかな？」

「……わかんない」

ちょっと意地の悪い質問にエムは黙り込んだ。

すぐにポッピーが横からフォローを入れた。

「きっと作ってくれるよ」

「ほんと！」

「うん、きっと。ねえエム君。どんなゲームか聞かせて」

「あのね。アクションとパズルのゲームががったいしてるんだ。シュジンコウはそれぞれのチカラをつかうきょうだいで、二人がすんでるまちが、テキにおそわれて、テキをたおすたびにでかけるの」

エムは幼い肺活量からか、小刻みに息を吸って言葉を区切りながら、ゲームのアイデアを得意げに喋った。

今度は言葉の端々に片仮名が混じっているように聞こえた気がした。ゲーム用語は使い慣れているせいなのか発音がシャープだ。自分自身のことながら本当にゲームが好きなんだなと改めて実感した。

「へぇ〜、すごい面白そう！　私も遊んでみたい！」とポッピーが微笑んだ。

「でもむずかしいよ。かんたんにはクリアできないゲームだから。ロボットにのって、スターアクションでムテキになって、テキをたおせるようになるんだ」

ポッピーが優しい笑みを浮かべてエムを見つめている。

「そっかぁ。無敵になったら最強だね」

「ううん。チョーサイキョー」

僕は改めてエムが描いたファンレターのイラストをまじまじと見つめた。

今にして思えばエグゼイドの力として使っていたガシャットの多くはこのアイデアが元になっていた。

橙色と翠色の兄弟はマイティブラザーズXX《ダブルエックス》。

赤色のロボットはマキシマムマイティX。

スターアクションはハイパームテキ。

あれ……そっか。

黎斗さんはこのアイデアを元にハイパームテキを開発したんだ。だからこそ僕だけが時間無制限で使えるガシャットになってたんだ。

そう考えるとなんだかすごく感慨深い。この拙《つたな》い文字とイラストのファンレターがまるで僕自身の未来を暗示する予言書のようで……。

きっと目の前にいるエムは信じないだろうな。

将来、自分が考えたゲームのヒーローになって現実の世界で戦うんだって言っても。

将来、お前が考えたゲームでお前にしかなれないヒーローになれるんだって言っても。

そこまで考えて僕はハッと我に返った。

とりとめもない感慨に浸りすぎてずっと無言を貫いてしまっていた。

目の前のエムが不思議そうに僕をじっと見つめている。

何か会話を繋げなきゃ……って思ったけど、自分自身であるその少年になんて声をかければいいのかわからず、僕はしばらく言葉を探していた。

沈黙を破ったのは少年の方だった。

まるで明日の天気のことを喋るみたいにさりげない調子で。それでいて核心を突く重要な一言だった。

「ねえ。ぼくのしょうらいのゆめ。なんだとおもう？」

そう告げた時、エムの動きが止まり、精巧なマネキンのように動かなくなった。

眼前にホログラムモニタが映し出され、三つの選択肢が表示された。

《ドクター》《プロゲーマー》《その他》

僕は自分の気持ちを整理するように一度深呼吸し、口を開いた。

「分岐点だ」

「え？」

「クロトピーが言ってたでしょう？　マイティノベルXの世界では僕たちは傍観者であり、運命を司る存在でもある。発生したイベントには分岐点があって、運命を正しく選択することで物語が進んでいくって」

「あ、そっか！　じゃあマイティノベルXをクリアするには、今のエム君の質問になんて答えるかが肝心ってこと⁉」

「だと思います」

「エム、慎重に答えた方がいいよ」

「……答えはわかりきってますよ」

当然だ。だってこの物語の主人公は他でもない僕自身なんだから。

幼い頃の記憶は薄れかけてはいるけど、これぐらいのことはわかる。

目の前にいるエムは昔の自分自身。この子の人生は僕自身の人生。

この子の将来は……今の僕自身。

「エム。お前は将来……」

一瞬、言いかけようとした次の言葉を飲み込んだ。

わかりきっていた答えなのに、なんですぐにスッと言葉が出てこなかったのか。

僕の意志とは裏腹に身体が反射的にその言葉を拒絶したようだった。まるで放送禁止用語を伏せたかのように。

その理由については、この時の僕はまだ理解できていなかった。

いや、理解できていないふりをしていただけなのかもしれないが。

ポッピーが戸惑った様子で僕を見ている。

何も問題ない。答えはわかりきっている。

与えられた選択肢は《ドクター》《プロゲーマー》《その他》。

僕の答えは……。

「エム。お前は将来、ドクターになるんだ」

目の前の少年が一度だけゆっくりと瞬きした。ゲーム用語じゃない片仮名を初めて耳にして戸惑ったかのように。

「どくたー……?」

そう、ドクターだ。

僕は八歳の時に交通事故に遭った。その時に《死》というものを実感した。

人はいつか死ぬってことは頭ではわかっていた。ゲームでも登場人物が死ぬというストーリー上の演出はよくあることだし見慣れていた。

しかし事故に遭った時、人は本当に死ぬんだという事実を身をもって体験した。

人は死んだらどうなるのか。ずっと身体が痛いままなのか。それとも痛みは消えて幽霊になるのか。幽霊になったらこの世にいるのか。それともあの世に行くのか。あるいは幽霊なんかにはならなくてずっと寝ているみたいに真っ暗なのか。

何もわからない。わからないということがまず怖かった。

そしてそれ以上に怖かったのが、世界中に自分の存在が忘れ去られて一人ぼっちになってしまうことだった。

真っ暗な中に自分一人。大声を出しても誰も気づいてくれない。

永遠に、暗闇の中で、孤独。

その時、僕は初めて死の恐怖を思い知った。

そして同時に知った。そんな僕たちを救ってくれる本物のヒーローがこの世界にいたことを。

救急隊員。看護師。そしてドクター。

当時、小児科医だった恭太郎先生の手によってオペを施され、僕は一命を取り留めた。

救ってくれたのは身体だけじゃない。ゲーム機をプレゼントしてくれた。

死の恐怖から抜け出せずにいた僕に笑顔を取り戻させてくれた。

僕は恭太郎先生に憧れて、恭太郎先生のようなドクターになりたいと思った。

自分と同じような思いをする人たちを救いたいと思った。

永遠の暗闇の中で一人ぼっちの人たちを救い出して、笑顔を取り戻すヒーローになりたいと思った。

僕は目の前の少年を見つめ、もう一度心の中で呟いた。

お前の将来の夢はドクターだ。

すると特殊空間《ゲームエリア》全体に響き渡るように短い効果音が流れた。

それは皮肉めいた小気味良いリズムだったが、決してハッピーでもポジティブでもないマイナー調のメロディーだった。

そしてゲームの行く末を知らせるシステム音声がどこからともなく響き渡った。

『ゲームオーバー』

僕は頭が真っ白になり、茫然とした。

隣でポッピーが何かを叫んでいた気がしたけど、僕の耳には全く入ってこなかった。

次の瞬間、僕の周囲が暗闇に包まれた。

ポッピーもエムも姿が消え、ベッドも勉強机もテレビも西日が差し込む小窓もない。

完全な暗闇の中に僕は佇んでいた。佇んでいたという表現が正しいのかさえわからない。

立っているという感覚さえない。

文字通りの暗闇。無。

そこはまるで子供の頃に僕が恐怖した死の先にある世界のように思えた。

永遠に、暗闇の中で、孤独。

しかし不思議と恐怖を感じなかった。

いや、正確に言えば恐怖を感じている暇はなかった。

自分に訪れた運命を理解するよりも早く、僕の意識がぷつりと消えた。

紡がれし　origin

もぉ～～～っ、ピプペポパニックだよ～っ！


気がついたら私はエムの実家の跡地、コインパーキングの前にいた。

私は心を整理する為に、これまでに起きたことを思い出してみた。

まず。エムと一緒にマイティノベルXのイベントに挑戦した。

それで。特殊空間《ゲームエリア》はエムが昔住んでいたお家で、子供の頃のエムに出会った。

それから。ノベルゲームの分岐点に差し掛かって、大人のエムが答えた。

そしたら。『ゲームオーバー』って聞こえて大人のエムが消えた……気がした。

そしたらそしたら。私だけが特殊空間《ゲームエリア》から元の場所に戻ってきた。

こういうこと……だよね？

念の為、辺りを見回したけど、エムはどこにもいない。

「エム？　エム！　どこにいるの⁉　いるなら返事して！」

いくら声をかけてもエムの姿が見当たらない……ってことはゲームオーバーになってショーメツしちゃったってこと⁉

ううん。おかしいよ。だって特殊空間《ゲームエリア》で誰とも戦ってないのに消滅するなんて考えられない。一体何がどうなってるのぉ〜〜〜っ！

その時、私は背後に気配を感じた。

エムかと思って振り向いたら——そこにはクロトピーが立っていた。

「ククク……ハハハハハ！　とうとう私は勝利した。あの天才ゲーマーMに勝利したのだ！」

「どういうこと⁉」

「言葉の通りさ。ゲームマスターである私が生み出した最高のゲーム、マイティノベルXが宝生永夢を打ち倒し、ゲームオーバーにしたのだ！」

「なんで！　だって一度も戦ってないじゃん！」

「ポッピー。君は一つ勘違いしている。マイティノベルXはバトルで勝敗を決めるゲームではないんだよ。宝生永夢は物語の分岐点において選択肢を誤り、ゲームオーバーになったのだ」

「じゃあ……エムはホントにショーメツしちゃった……？」

「ああ。そして彼はマイティノベルXの世界に幽閉された。永遠にな」

「そんな……エムを返して！」

「君は理解しているはずだ。ゲームオーバーになったプレイヤーが今までどんな運命を辿ってきたか」

わかってる。けどわかりたくない。

エムが……消えちゃったなんて。

「彼を救う方法はただ一つ。マイティノベルXを攻略することだ。無論、そんなことが可能なプレイヤーがいるとは思えないがな」

「なんでこんなことするの！　あなたの目的は何なの⁉」

「ゲームマスターとしてプレイヤーにゲームを提供した。ただそれだけのことだ」

「ウソ！　はじめからエムのことを狙ってたくせに！　だからエム宛てにマイティノベルXを送りつけたりしたんでしょ！」

「全ては私と宝生永夢によって始まった。これは必然の運命なのだ。ブハハハハハ！」

クロトピーは嫌になるくらいの笑い声と共に私の前から姿を消した。

「……タイヘン……みんなに知らせないと！」


聖都大学附属病院。CR。

私は病室にやってくると、意識不明のパラドに寄り添っていたピイロとピリヤに事情を説明した。

……違う違う、ヒイロとキリヤ！

　私ってピヨるとすぐパピプペポが出ちゃう癖があって。

　でもそんな私とは対照的に、ヒイロもキリヤもすごく冷静に事情を受け止めていたみたいだった。最初はなんでそんな冷静でいられるのって思っちゃったけど、やっぱりドクターだからどんな時でも取り乱したりはしないんだね。

　話を聞いてもらえたことで私の心も少しだけ落ち着いた気がした。

「しかし意外だな。永夢のやつがゲームオーバーになるなんて」

　キリヤにめっちゃ同感。あのエムがゲームでミスするはずがないって思ってたから。だからこそエム一人にオペを託したんだもんね。

「だいたいの事情はわかった。ならば俺たちがやるべきことは一つ。マイティノベルXを攻略し、小児科医とパラドを救うしかないな」

「けど大先生、こいつはとんだ大手術になりそうだぜ？」

「ああ。正直この手の症例は俺も経験がない」

　それだけ会話するとヒイロとキリヤは黙り込んでしまった。

「なんで⁉　今までだって患者のオペしてきたじゃん！　ヒイロに切れないものはないでしょ！」

「そう言いたいのは山々だが……これは今までのオペとは訳が違う。マイティノベルXは小児科医のこれまでの人生を物語にしたノベルゲーム。つまり小児科医の人生に深く関わるものだ。まさかこんなゲーム医療に挑戦することになるとは……」

天才外科医の口からそんなピヨり気味な言葉なんて聞きたくなかった。

だって。らしくないよ。

「ああ。正直、これって大先生にとっても自分にとっても専門外だもんな」

キリヤの口調もいつもより一オクターブくらいトーンが低かった。

いつもなら持ち前の頭脳ですぐに解決策を見出す人なのに。

どうして。二人とも。らしくない。

「二人ともどうしたの⁉　いつものゲーム医療でしょ！」

「いや、違う」

ヒイロがパキッと遮ると、いつになく怖い目で診断を始めた。

「まず今回の症例がいつもと違うのは小児科医がバグスターウイルスに感染したのと同時にパラドも同じウイルスに感染した点だ」

確かに。そんなことって今までなかった……。

「あの時、パラドは永夢の身体から分離してた。物理的に考えれば二人が同時に感染するなんてありえない。こいつはとんだミステリーだ」とキリヤが付け加えた。

「だが……俺の推測が正しければ、そういった症状に陥る可能性が一つだけ存在する」

「何⁉　ヒイロ⁉」

「たとえ身体が離れ離れだったとしても、小児科医とパラドの二人が共有しているものがある」

エムとパラドが共有してるものって……まさか。

「心だ」

「なるほどねえ。さすが大先生、それなら全ての辻褄《つじつま》が合う。つまりマイティノベルXのバグスターウイルスは永夢の身体じゃなく、永夢の心に感染した。だからパラドの心にも感染したってわけか」

「心に感染って……そんなことありえるの⁉」

「ああ。現代社会においても心の病というものは数多く存在する。つまり今回のゲーム病は心因性。その場合オペに必要なのは心療内科のスキルだ」

心療内科……？

そこまでの診断を聞いて、二人が治療方法に困り顔を見せた理由にピーンと来た。

エムとは今まで長い間一緒に戦ってきた。心を分かち合った仲間だった。

でも改めて考えてみると、エムっていう人について知らないことばかりだった。

エムがどんな家庭に産まれてどんな風に育ったのか、とか。

お父さんとお母さんがどんな人で兄弟はいたのか、とか。

どんな友達がいて、休みの日に何をしていたのか、とか。

いつも優しくて患者さん思いで、ゲームをする時だけ性格が変わるけど……エムが心に何を抱えていたのか……とか。

私はなんだか悔しくなって、自分に腹が立って、おもわずスカートを強く握りしめた。

こんなことなら——ううん。こうなる前に——エムともっともっと仲良くいっぱいお喋りしておくべきだった。

仕事の時だけじゃなくてプライベートの時も。

ドクターのエムとしてじゃなく一人のヒトとしてのエムと。

ヒイロとキリヤも私と同じことを思っているに違いない。

「こりゃ助っ人に応援に来てもらうしかなさそうだな」

「助っ人って誰のこと⁉ キリヤ⁉」

「おそらく自分らよりも永夢の過去に詳しい……ニコちゃんだ。あの子は永夢の高校時代を知ってる。マイティノベルXの攻略に役立つ可能性が高い」

「確かに。すぐにこっちに来てもらった方がよさそうだな。彼女の風邪の容態次第だが、開業医がそばにいるならすでに完治している頃だろう。事情を話せばきっと協力してくれるはずだ。俺の方から開業医に連絡してみる」

うん、ニコちゃんがいてくれたらきっと力になってくれるはず。

はずだけど……。

「私は私でマイティノベルXを攻略してみるね！」

「おい、ポッピー。一人で挑むのは危険だ」とキリヤが止めようとしてくれた。

「でもニコちゃんがアメリカからこっちに合流するまで時間かかるし。それまでじっと待ってるだけなんて……」

「落ち着け、ポッピーピポパポ。心の病は極めてデリケートな診療を要する。入念に準備すべきだ」

「もちろんわかってる。だからこそ私にしかできないことをやらなきゃ」

「何か手がかりがあるって顔だな」とキリヤが鋭い勘を働かせた。

そう。私たちバグスターは感染元となる宿主の記憶を受け継いでいる。

私の宿主であるダンサクラコさんの記憶がきっとエムの診療の大切な手がかりになるはず。

「私にはダンサクラコさんの……クロトのお母さんの記憶があるから。クロトの子供時代について何かわかるかもしれない」

「神の子供時代？　そうか、そこに永夢と神の接点がある」とキリヤが得意の推理を披露した。

「うん。子供の頃にエムが幻夢コーポレーション宛てに送ったファンレターをクロトは読んでる。クロトの子供時代を辿れば、何かの手がかりになるかもしれない」

私の決意が揺るがないことをわかってくれたのか、ヒイロもキリヤもそれ以上私のことを止めようとはしなかった。

エムは……エムだけはどんなことがあっても助けたい。

本来ならバグスターの私は人間と一緒にいるべき存在じゃなかった。

そんな私を初めて受け入れてくれたのがエムだった。

みんなのそばにいてもいいってことを初めて認めてくれたのはエムだった。

ドレミファビートでみんなと一緒に遊びたいっていう私の願いを叶えてくれたのもエムだった。

エムがいなかったらCRどころか、この世界のどこにも私の居場所はなかった。

エムがいてくれたから今の私がある。

だから……エムがいない世界なんて私には絶対に考えられない。

ヒイロとキリヤが私に何か忠告してくれた気がした。

たぶん「一人で無茶だけはするな」とか「何かあったらすぐに連絡しろ」とかそんな感じのことだと思う。でも頭の中はエムのことだけでいっぱいになっちゃって、二人の言葉はほとんど耳に入ってこなかった。

私は無難な相槌《あいづち》だけ打って、ＣＲの医局から姿を消した。

まさかまたこの場所を訪れることになるなんて思ってもみなかった。

その昔、クロトが幻夢コーポレーションの社長の座を去って以来、隠れ家として利用していたアジト――幻夢コーポレーションの旧社屋。

人気《ひとけ》のないオフィスフロアは実際の間取り以上に広々としていて、衛生省に押収されないまま置き去りにされたクロトの遺品が残っていた。

ガシャットの製造に必要な部品の欠片。机や椅子。ぺしゃんこのサッカーボール。その全てにうっすらと埃が積もっていて、ところどころに蜘蛛《くも》の巣が張られていた。

室内のあまりの埃っぽさにおもわず二度咳をした。

ここに来たのはこれで二度目か……。

一度目はちょうどエムがパラドに乗っ取られて大ピンチだった頃に、サクラコさんの記憶を辿ってプロトマイティアクションXガシャットオリジンを発見した時。

この場所にはサクラコさんの思い出がたくさん詰まっている。

まだ健全なゲーム会社だった頃の幻夢コーポレーションの光景。

子供時代のクロト。

旦那さんだったダンマサムネ。

そしてエムのファンレター。

私はゆっくり目を瞑《つぶ》り、自分の心に向き合った。

私の心の中にあるサクラコさんの記憶に向き合った。

宿主の記憶を受け継いでいるとはいえ、サクラコさんの記憶の全てを自由自在に思い出せるわけじゃない。人の記憶が時の流れと共に薄れてしまうように私の中にあるサクラコさんの記憶も薄れている。

記憶を呼び覚ます為にはキッカケが必要なんだ。

言葉とか。場所とか。音とか。匂いとか。

サクラコさんが生前に体験していたこととリンクする何かが。

しばらく目を瞑ったまま意識を集中させてみたけど、なかなかサクラコさんの記憶にアクセスすることができなかった。

気持ちばかりが焦って集中が途切れちゃって、目を開けて一度深呼吸した。

その時にふと頭に浮かんだのはエムだった。

それもいつもの優しいエムじゃなくて、ちょっとだけ淋しそうなエム。

初めてエムに会った頃、ゲームをする時に性格が変わるエムがちょっとアブナイ人かもって思っていた時期があった。だってドクターの時のエムとゲーマーのMがまるで二重人格みたいに別人だったから。その原因が実はパラドで、子供の頃から長い間パラドが感染していた影響で俺様なMの性格が育ったんだって知って、だからかって納得したのを覚えている。

……でもそれだけじゃない。

今まで誰にも言えなかったことだけど、ドクターとしてのエムが時々遠くに感じる時があった。

特に一番感じたのが、エムがムテキの力でパラドを一方的にボコボコにした時のこと。

エムは患者さんに対してすごく優しい。その優しい心が洗いたての白衣みたいに潔白すぎて、少しだけ頑固に感じる時があった。

もちろんドクターとして患者を救う為に一生懸命だっていうのは理解しているつもりだし、私が想像するよりも何億倍もいろんなことを考えて、悩んで、決断して毎日患者さんと向き合っているんだと思う。

でも医療に対しての考え方が一途すぎるっていうか。一度こうって決めると周りに相談しないで一人だけで物事を進めちゃうっていうか。

そういう時、ちょっと淋しいなって。

一言だけでもいいから相談してくれてもよかったのにって。

もしかして仲間として信頼されてないのかなって。

そんなとりとめもないことを考えていると頭がピヨピヨしてきた。

私は我に返って両方のほっぺたをつねった。頭の中のピヨピヨを振り払うように。

違う違う。エムは何も間違ってない。

私がただ欲しがってるだけじゃん。

もっとエムの力になりたいからって。

もっとエムのそばにいたいからって。

そんな自分勝手な私がちょっとだけ嫌になった。

そんなことを考えていたら、さっきまで頭の中にあったピヨピヨが今度は胸の奥に現れ始めた。

なんだろう、この気持ち。今までに感じたことがない。心のピヨピヨ。

その時、何の前触れもなくそれはやってきた。

私の脳裏にかつての幻夢コーポレーションの光景がポポポーンって広がった。

なんでなのかはわからない。

そう。わからないはずのに……なんとなくわかる。

心のピヨピヨがサクラコさんの記憶とリンクしたんだ……。

芽生えた心のピヨピヨが消えないように気持ちを集中させて、ゆっくりと瞼《まぶた》を閉じた。

「お願いサクラコさん。私をあの頃に連れてって」

今までとはあきらかに違う感覚だった。

記憶だけじゃない何かが私の全身を駆け巡った。

私っていうアイデンティティを何もかも包み込むような感覚。

この感覚、前にも感じたことがある。

そう。『バグスターをつくるぜ！』っていう育成シミュレーションゲームの実験台にさせられた時のこと。

それは私の身体からサクラコさんの遺伝子を復元する為の実験だった。

あの時の感覚に似てる。ううん、あの時よりも強い。

私はその正体を感じた。頭じゃなく心でその答えを感じた。

サクラコさんの記憶の全てが私の中で呼び覚まされている。

感じる。あの人の想い。あの人の全てを。

その時、知られざる過去の記憶の旅が始まった。


黎斗が産まれて私の世界は変わった。

私の分身。魂の片割れ。

これほどまでに愛おしい存在が無事にこの世界に誕生したことは奇跡に等しかった。

なぜなら。産まれた時あの子は産声を上げなかったのだから。

本来であれば、産まれたての赤ん坊が産声を上げなかった場合、肺呼吸ができていない危険な状態であると聞かされていた。しかし出産に立ち会った看護師の人曰く、きちんと肺呼吸していて何も問題がなかったそうで。

あまり例がない状態で黎斗はこの世に誕生した。

黎斗は本当に手がかからない子だった。

一人っ子だったこともあって家ではいつも静かにしていたし、誰から言われるわけでもなく自分から率先して勉強に励んだ。とにかく知的好奇心が旺盛な男の子だった。

小学生になる頃には大学受験できるレベルの学力を持ち、信じられないくらいの知能指数を持っていた。あまりの出来の良さに本当に私の子かと疑いたくなるくらいで。

きっと正宗さんの遺伝子を色濃く受け継いだに違いない。たった一代で幻夢コーポレーションを国内シェアトップのゲーム会社に成長させるほどの人の遺伝子が、あの子の身体にも受け継がれているのだから。

中学生になった黎斗は、父親である正宗さんの仕事を手伝い始めるようになった。

元々、仕事で忙しかった正宗さんは育児を私に任せきりで、息子の為にやってくれたことといえば、幻夢製のゲームを与えてあげることぐらいだった。

そのおかげもあってか黎斗はゲーム開発という分野にみるみるのめり込んでいった。

そんなあの子の姿を見ているのが私も楽しかった。誇らしかった。

初めて私が異変を感じ始めたのは、黎斗が中学一年生、二学期になる頃のことだった。

中学校での生活は黎斗にとってほとんど無意味なものだったようで、教師が教える内容は黎斗がすでに独学でマスターしている知識にすぎなかったし、友達らしい友達も一人もいなかった。

「どいつもこいつもありきたりで退屈。興味が湧く存在が皆無」

そんな黎斗の言葉を聞いた時は少し驚いたけれど、あの子を説教するようなことはしなかった。

毎日学校を終えるとその足で幻夢コーポレーションに通ってゲーム開発に没頭していた。黎斗が誰も思いつかないような素晴らしいゲームアイデアを生み出すたびに、正宗さんも私も諸手を挙げて喜び、黎斗を褒めちぎった。

私が知る限り、黎斗は誰かから注意されたり説教されたりしたことなんて一度もなかった。絶えず周囲から褒められて育っていた。

そのせいで――恐ろしく自尊心の強い子になった。

次第に正宗さんや私の褒め言葉では喜ばなくなった。

はじめは褒められることに慣れてしまっただけかと思っていたけれど、想像以上に深刻な問題だったことに気づいた時にはもう手遅れになっていた。

褒められることに慣れたのではなく、他者からの評価に本質的な価値を見出さなくなっていたのだから。

やがて黎斗は全ての人間を見下すようになり、自分自身の才能とばかり向き合う毎日になっていった。時間を惜しむようになり、必要最低限の生活以外の全てをゲーム開発に捧げた。

もはや親子で過ごす時間すらもほとんどない状態だった。

それでも正宗さんは黎斗を叱ることもなく、あの子の思うがままに自由にさせた。ゲーム開発に必要な機材があればなんでも買い与えていたし、万全の環境で開発に集中できるように黎斗の身の回りの世話をさせる部下を何人もつけた。

黎斗はヒットゲームをいくつも生み出して、幻夢コーポレーションにとって欠かせないゲームクリエイターになっていた。

その頃からか、黎斗の教育方針について正宗さんと少しずつ衝突することが多くなっていった。

黎斗が優秀であることはもちろん今でも誇りに思っている。

だけれど人生はいつまでも順風満帆じゃない。

もし何かの壁に突き当たって大きな失敗や挫折を味わうことがあった時、あの子が壊れてしまうのではないかと危惧していた。

そうならない為にもゲーム開発以外のことにも視野を広げてほしかった。他の同世代の子たちと同じような体験をさせてあげたかった。

友達を作ったり。部活動で団体行動の大切さを学んだり。自然と触れ合ったり。

でも正宗さんが考えを改めることはなかった。

あまりに見かねた私はある日、正宗さんに一度だけ訴えたことがある。

「黎斗の才能を会社経営に利用しているだけなんじゃないですか？」

正宗さんは認めなかった。

その頃、正宗さんの口癖になっていた言葉があった。

《黎斗の才能の芽を潰すことは何よりも罪深いことだ》

もちろん私にも責任はあった。黎斗がそんな子になる前に軌道修正することだってできたはずなのだから。

でも凡人の私では、黎斗を導いてあげることができなかった。

正宗さんの経営方針に口を出すこともできなかった。

結局、黎斗に対してやってあげられたことは、あの子が得意げに話す内容に耳を傾け、ただ頷《うなず》いてあげることぐらいだった。

そんなある日、私が危惧していたことが現実のものとなった。

幻夢コーポレーションに届いた一通のファンレターが黎斗の運命を変えた。

差出人は《ほうじょうえむ》。

初めにその手紙を読んだのは正宗さんだった。

手紙を読んだ夜、私は正宗さんからファンレターの内容について聞かされた。

幻夢コーポレーションへのファンメッセージと共に、新作のゲームアイデアが描かれていたようで。

正宗さんはどんな漢字の名前かもわからない《えむ》という少年の豊かな創造力に感心していた。

「この手紙を黎斗に読ませる。自分の才能に自惚《うぬぼ》れている今のあいつにはちょうどいい刺激になるはずだ。そうすればあいつの商品価値はさらに上がる」

「正宗さん、黎斗は大切な私たちの子供です！　会社の商品じゃないんですよ！」

「櫻子。何度言ったらわかるんだ。私たちはその辺にいる普通の家族とは違う。選ばれた家族なんだよ。黎斗は私たちの誇りだ。磨けばもっと光る。黎斗の才能があれば幻夢コーポレーションはもっともっと大きくなるんだ」

私は悟った。正宗さんは社長としてしか黎斗を見ていない。たった一人の息子を父親として見ていないのだ。と。

しかし私は夫婦の間に生まれた歪みを正すことができなかった。

見て見ぬふりをすることしかできなかった。

正宗さんの経営によって幻夢コーポレーションに勤める何百人という社員とその家族の

生活が支えられている。

正宗さんは何も間違ったことはしていない。

ただ一つ。黎斗の教育だけを除いて。


翌日。正宗さんは部下に指示し、黎斗に例のファンレターを見せることになった。

心配だった私は会社を訪れ、物陰から黎斗の様子を見守っていた。

手紙を読んだ黎斗は次第に震え始めた。

その時の黎斗の顔には今まで見たことがない情念が溢れていた。

見知らぬ《えむ》という少年の才能に対する嫉妬。

生まれて初めて味わった屈辱。

自分の不甲斐ない才能に対する怒り。

《えむ》という少年の才能がいずれ脅威になるかもしれないという焦燥感。危機感。恐怖感。

有頂天になっていた心が掻《か》き毟《むし》られ蹂躙《じゅうりん》された黎斗は、発作的に逆上してファンレターを力任せに破り捨てた。

そんな黎斗が見ていられなかった。

できることなら母親として何か声をかけてあげたかった。黎斗の心を優しく包み込んであげたかった。でもできなかった。そうする資格が私にはなかった。

今まで黎斗の異変に気づいていながら目を背けていたのに、今さらどんな顔をすればいいのか、どんな言葉をかければいいのか、私にはわからない。

しかし同時にもう一人の私が私の心に囁きかけているのを感じていた。

《これでよかったのかもしれない。もしかしたら黎斗は変われるかもしれない》

他者の評価に価値を見出さなくなった黎斗が、他者のアイデアによって心を揺さぶられている。ある種の敗北感を味わっている。

敗北者の気持ちを知ることで他者に思いやりを抱く人になってくれたなら……。

たった一通のファンレターが黎斗に与えた人生最大の試練。

黎斗ならきっと乗り越えられる。そう信じたかった。

黎斗が去った後、私はびりびりに破かれたファンレターの紙片をかき集めた。正宗さんを魅了し、黎斗に敗北感を与えた手紙がどんな内容なのか、この目で確かめておきたいと思ったから。

ジグソーパズルのようにバラバラになった紙片をテープで繋ぎ止めた。

何枚にもわたる便箋には、純真無垢な少年のありったけの夢が詰まっていた。

気がつけば、私の目から一筋の涙が零れ落ち、頬を伝っていた。

なぜ涙が出てきたのかわからなかった。

ただ、感動の涙ではない。それだけはわかる。この手紙の内容がどれだけ才能に満ちたものであるのかなんて、凡人の私にはわからなかったのだから。

うまく言葉にはできないけれど、過ぎ去った時に対する後悔や無念といった類の涙に近いのかもしれない。

私はこの手紙を書いた見知らぬ少年について想いを巡らせた。

ご両親の愛情を一身に受けて育ったのだろうか。

会社経営などという大人の事情とは無縁な暮らしなのだろうか。

将来への希望に満ちた眩《まばゆ》い日々を送っているのだろうか。

黎斗にはないもの全てをこの少年は持っているのだろうか。

便箋の最後の一頁まで目を通し終えた時、私は頰を伝う涙を拭った。

ううん違う。この子はこの子。黎斗は黎斗。それだけのことなのよ。

この少年がファンレターを送りたくなるほどのゲームを黎斗は作ったのよ。

たとえ友達がいなかったとしても。性格に多少の問題があったとしても。

黎斗は遠くの誰かの心を動かした。

あなたが作ったゲームが見知らぬ少年に夢を抱かせたのよ。

こんなに素晴らしいことはない。

母親である私が信じないでどうするの？　私が愛してあげなくてどうするの？

黎斗は私の誇り。
この世に生まれてくれた奇跡なのだから。

私はハッと我に返った。
気がつくと、がらーんとした幻夢コーポレーションの旧社屋の中にいた。
……ポッカーン。
そっか。私。今。サクラコさんの心をずっと感じてたんだ。
なんだか長い夢を見ていたみたい。
ふとほっぺたから一筋の涙が流れているのを感じた。
涙が一粒。ポトンと地面に落ちた。
そしたらサクラコさんの心が私の中にパーンって溢れてきた。
私の心から零れ落ちそうになる気がした。
クロトを一心に想うサクラコさん。
ダンマサムネとのすれ違い。
クロトの運命を変えたエムのファンレター。
いろんな気持ちがごちゃ混ぜになってピプペポパニックになった。

その中でも私の心に強く残ったことが一つ。

《クロトの才能がエムに夢を抱かせた》と考えたサクラコさんの想い。

そう、ファンレターを描いていた当時、エムはまだパラドに感染していない。

つまり交通事故にも遭っていなければ、日向《ひなた》審議官——エム流に言えば恭太郎先生だけど——にも会ってない。

まだこの時はドクターになりたいって思ってたわけじゃないんだ。

待って。だとしたらエムはそのことを誰よりも知っていたはず。

なんで将来の夢がドクターだなんて答えたりしたんだろう……。

子供時代の記憶を勘違いしてたのかな……。

ううん、今はそんなことをあれこれ考えている場合じゃない。

マイティノベルX攻略の手がかりはバッチリ。

今の私なら、きっと。

私はすぐに例のコインパーキングへと急いだ。

むかしむかし、エムという名の少年が住んでいた家があった場所。

コインパーキングに近づくと、私はバグルドライバーⅡ《ツヴァイ》を取り出し腰に付けた。ゲーマドライバーでできたから、きっとこれでも……。

『マイティノベルX！　イベントスタート！』

私の予想通り。イベント発生を知らせるシステム音声が聞こえてきた。

エムは私が絶対に救ってみせる。

やがて周囲の光景がモザイク状に歪んで、私はマイティノベルXの特殊空間《ゲームエリア》にアクセスした。


特殊空間《ゲームエリア》は初めてエムと二人で来た時と同じだった。

エムが住んでいた3ＬＤＫのお家。

居間に揃っていた木製の家具の数々。埃一つない清潔空間。

この光景を見るのは二度目だったけど、私はふと何かが気になった。

それがなんだったのかわからない。居間を見渡す限り、一度目の時と何かが変わっているってわけでもない。

ただ何かが少しだけ変な気がした。

おっと、今はそんなことを気にしている場合じゃないよね。

私が行かなきゃいけないところは一つ。

私は余所見しないで真っ直ぐに二階に続く階段に向かった。

階段を上がって一番手前のドアを開ければ、エムの子供部屋がある。

勉強机にはファンレターを書いている子供の頃のエムがいた。一度目に来た時と全く同じ体勢で。

エムは相変わらず自分が考えたゲームのアイデアを楽しそうに話し始めた。

そっか。なんかイベントに再チャレンジすると、全く同じシチュエーションからやり直しになるみたい。

私は一度目の時と同じようにエムと会話をして、分岐点の選択肢がやってくるところまで物語を進めた。

エムは思いつきでピアノの鍵盤を叩く子供みたいに何気ない調子で告げた。

「ねえ。ぼくのしょうらいのゆめ。なんだとおもう？」

エムの動きが止まって鳴り止んだオルゴールみたいに動かなくなった。

目の前にホログラムモニタが映し出されて、三つの選択肢が表示された。

きっと大丈夫。答えは一つしか考えられない。

《ドクター》《プロゲーマー》《その他》

私の答えは……。

「プロゲーマー……でしょ?」

その時、動かずにいたエムの目がプルッと動いて私を見た。

お願い。正解って言って。

たぶん一秒も経っていないのに、ドキドキしすぎて胸が張り裂けそうだった。

沈黙が我慢できなくて、私はまくし立てた。

「だってエム君がファンレターを送ったのは、幻夢コーポレーションにもっと面白いゲームを作ってもらいたかったからでしょ⁉ そのゲームを自分でプレイしたかったからでしょ! 叶えたかったんでしょ! プレイヤーとしてそのゲームをクリアするっていう夢を!」

その時、エム君が無邪気な笑顔を浮かべた。

「そうだよ! だからふぁんれたーにゲームのアイデアをかいたんだ!」

やっぱり。よかった。私の考えが当たっていた。

部屋中にゲームのシステム音声が聞こえてきた。

『ゲームクリア!』

その時、部屋の窓の外から聞き覚えのある笑い声が聞こえてきた。

窓から外を覗くと、庭先にクロトピーが立っていた。

私は身体をデータ化させて庭先に瞬間移動して、クロトピーと対面した。

「やるじゃないか。自分の体内にある檀櫻子の記憶を手がかりにするとは。君にしか成し得ない攻略法というわけか」

「お願いだからエムを返して！」

「たかがイベントを一つクリアしたくらいでマイティノベルXを攻略したつもりか？　このゲームはまだ序章にすぎない。そう簡単に攻略できると思うなよ」

その時、もう一人の誰かの足音が聞こえた。

家の外壁の物陰からやってきたのは——なんと大人のエムだった。

気のせいか私のことを睨《にら》んでいるように見える。その異様さに、エムが無事だったのを喜ぶことを忘れていた。

「エム……？」

「ポッピー。これ以上このゲームは攻略させない」

そう言うと、エムは腰にゲーマドライバーを付けた。

「攻略させないって……どういうこと？　なんでそんなこと言うの⁉」

エムがそんなことを言うはずがない。ということはきっと洗脳されているに違いない。

あの仮面ライダークロニクルが始まった時に私がラヴリカに洗脳されたみたいに。

そんな私の疑いに気づいたのか、クロトピーが喋り出した。

「宝生永夢は生まれ変わった。ゲームオーバーになったことでマイティノベルXのプログラムによって思考ルーチンを改竄《かいざん》されたのさ。プレイヤーを妨害する敵キャラとしてな」

やっぱり。エムは洗脳されてるんだ。

「つまり彼こそが己の真実を守る番人」

エムは握りしめていたガシャットを構えた。ガシャットに飾り付けられたエグゼイド君人形（私は個人的にそう呼んでいるけど、小さなエグゼイド　レベル2《ツー》のオブジェクトのことね）が見えた。

エムがマキシマムマイティXガシャットの起動スイッチを押した。

『マキシマムマイティX《エックス》！』

エムの背後に、めっちゃ格好いいタイトルロゴ『MAXIMUM　MIGHTY　X』が映ったゲームスタート画面が浮かび上がる。おっきいロボットみたいなマキシマムゲーマ君に乗ったマイティのグラフィックも描かれている。

エムは今まで聞いたこともないような重低音ボイスで呟いた。

「……マックス大変身」

エムがマキシマムマイティXをゲーマドライバーのスロットに挿してレバーを引く。

『最大級のパワフルボディ！　ダリラガーン！　ダゴズバーン！』

こんな時にする話じゃないと思うけど、前々から気になっていたこと。

ダリラガーンダゴズバーンってどういう意味なんだろう？

なんかとにかく強そうな音とかそういうことなのかな？

エムの周りにいろんな仮面ライダーのセレクト画面が回り始めて、エムが右手を突き出してエグゼイドを選んだ。

エグゼイド　アクションゲーマー　レベル2《ツー》に変身すると同時にエグゼイドの頭上にマキシマムゲーマ君が現れた。

エグゼイドはエグゼイド君人形が付いたアーマライドスイッチを拳で叩いた。

『マキシマムパワーX《エックス》！』

あのスイッチには強化アーマーを任意の場所に転送する機能が備わっていて、スイッチを押し込むことで実体化した強化アーマーが変身者に装着される仕組みになっている。

エグゼイドが頭上に飛び上がると、マキシマムゲーマ君がエグゼイドをピプペポパクッと食べた！

マキシマムゲーマ君から大きな手足とエグゼイドの頭がニョキニョキ生えて、エグゼイド　マキシマムゲーマー　レベル99《ナインティナイン》に変身した。

「エム！　目を覚まして！」

きっとそんなことを叫んだって意味がないってことはわかっていた。

わかっていたけど、叫ばずにはいられなかった。

だって。できることなら……エムとは戦いたくなかったから。

「ポッピー。君は今まで宝生永夢と真剣勝負したことはなかっただろう。存分に味わうがいい。天才ゲーマーMの力を」

やるしかない、と思った。

私はときめきクライシスガシャットを取り出して一度だけ深呼吸すると、起動スイッチを押した。

『ときめきクライシス！』

私の後ろに、キュートなタイトルロゴ『ＴＯＫＩ　ＭＥＫＩ　ＣＲＩＳＩＳ』が映ったゲームスタート画面が出てきた。主人公の女の子がピンクの髪の毛をなびかせるラブリーでキュートなグラフィック付きでね。

単純なパワー勝負じゃ絶対勝てないってわかっているけど、エムのゲーマドライバーさえ奪い取っちゃえばエムとは戦わなくて済む。

「変身！」

バグルドライバーⅡ《ツヴァイ》のスロットにガシャットを差し込んでスイッチオン。

『ドリーミングガール　恋のシミュレーション　乙女はいつもときめきクライシス♪』

可愛らしい乙女チックな音楽に乗せて、私は仮面ライダーポッピー　ときめきクライシ

スゲーマー　レベルＸ《エックス》に変身した。

すぐにエグゼイドが私に向かって突っ込んできて大きな拳でパンチしてきた！

おもわず体勢を低くしてぎりぎりかわす。

もぉ、あれだけ身体が大きいのになんであんなに速いの～っ⁉

私は腰に付けたバグルドライバーⅡ《ツヴァイ》からガシャコンバグヴァイザーⅡ《ツヴァイ》を取り外し、ビームガンモードでエグゼイドに威嚇射撃を試してみた。

でもエグゼイドは強化アーマーで軽々と弾く。

そんなぁ……強すぎるよ！

エグゼイドがガシャコンキースラッシャーを取り出して斬りかかってくる。

ダメ、避けきれない！

何ＨＩＴ当てられたかわからないけど、とにかく私は何度も斬りつけられて地面に倒れてしまった。

戦いの様子を見ていたクロトピーが私に近づいて見下ろしてきた。

「ポッピー。引き下がるなら今のうちだぞ。君を傷つけることは私の本意ではない」

「絶対、嫌！」

「……君は何もわかっていない。マイティノベルＸには宝生永夢が決して語ることのなかった、彼本人すらも知らない真実に迫る物語が眠っている」

「エムが知らない真実……？」

「そう。それは宝生永夢が伏せたがっている心の闇。そんな彼の想いを打ち砕いてでも、彼の真実に迫る覚悟が君にあるのかい？」

「そこにどんな物語があるのかなんてわからないけど……どんな真実でも私は受け入れる！　どんなエムだって受け入れる！　エムは私にとって大切な存在だから！」

私は気力で立ち上がった。

正直身体じゅうが痛いし、膝もプルプル震えてる。

これ以上戦ったら無事じゃ済まないかもしれない。

それでも絶対にエムを救わなきゃ！

「では心ゆくまで楽しむがいい。宝生永夢の運命が変わったあの日の物語をな！」

その言葉を言い捨てて、クロトピーは姿を消した。

エムの運命が変わったあの日の物語……？

それってまさか……。

一瞬油断している隙に、エグゼイドが私に向かって突進してきた。大きな拳を振りかぶっている。

避けきれない……このままじゃやられちゃう！

私がおもわず顔を背けたその時、強い衝撃音が聞こえた。

……あれ？　私、どこも痛くない？

ふと顔を上げると、目の前にはエグゼイドのパンチをガードして耐えている二人の仮面ライダーの姿があった。

ブレイブ レガシーゲーマー レベル100《ハンドレッド》とレーザーターボ バイクゲーマー レベル0《ゼロ》だ。

「これ以上、急患が増えるのはノーサンキューだ。ポッピーピポパポ」

「一人で無茶すんなって言ったのに。悪ノリが過ぎるぞ？」

「ヒイロ……キリヤ……気をつけて！　エム、敵キャラとして操られてるの！」

「ま。だいたいの経緯は察しがつく。とにかくポッピー。お前は先に離脱しろ」

「……わかった。マイティノベルXの攻略は私に任せて！」

「待て！　懲《こ》りずにゲームを続ける気か！」とブレイブが声を張った。

「一つ心当たりがあるから！」

クロトピーが去り際に言った言葉。

私の考えが正しいとしたら、あそこにマイティノベルXのノベルスポットがある。

さっきはクロトピーに対して強気に出ちゃったけど、怖くなかったといえばやっぱり嘘になる。

エムが決して語ることのなかったことってなんだろう。

エムすらも知らない真実ってなんだろう。

エムが伏せたがっている心の闇って……。

ヒイロとキリヤにこのことを伝えるかどうか迷ったけど、結局は伝えなかった。

だってどんな真実かわからないから。

それを知ったことでみんなの関係が拗《こじ》れちゃうのは嫌だったから。

知るのが私だけなら大丈夫。

私は全てを受け入れられるから。

たとえどんな真実だろうと。エムのことを。

私は変身を解除してバグルドライバーⅡ《ツヴァイ》を腰から外した。

ゲームの参加条件を失くした私は特殊空間《ゲームエリア》から離脱した。


現実の世界。コインパーキング。

元の場所に戻ってきた私はめっちゃデコレーションされた携帯電話を取り出し、一本の電話をかけた。

電話の相手は衛生省大臣官房審議官、日向恭太郎。

「ヒナタ審議官！　私！　ポッピー！」

電話越しにめっちゃ渋い声が聞こえてくる。

「ポッピーピポパポか。どうかしたか」

「あの。今、緊急事態でエムのことについて訊きたいことがあるの！」

ヒナタ審議官の声のテンポが少しだけ早くなった。

「永夢に何かあったのか？」

「詳しく話してる時間はないの！　ねえ、エムが交通事故に遭った場所ってどこ⁉」

「交通事故……？」

「エムが八歳の時に！　オペでエムを救ったでしょ！」

事情を察してくれたのか、ヒナタ審議官はすぐに事故現場の場所を教えてくれた。

場所は今、私がいる場所からそれほど遠くはなかった。

そうだって思ってた。きっとエムの実家から近いはずだって。

私はヒナタ審議官にお礼を言って電話を切ると、コインパーキングの前の坂道を上がった先にある車通りが多い通りへと出た。

道路沿いを五分ほど進んでいくと、その場所にたどりついた。

緑豊かな木々や芝生に囲まれた車道。

私はバグルドライバーⅡ《ツヴァイ》を腰に付けて準備を整えた。

あの日。あの時。事故に遭わなければ、たぶんエムはドクターになろうなんて考えなかったはず。
将来の夢はプロゲーマーだった一人の男の子の……運命が変わった日。
きっとこの場所にはエムの大切な物語が眠っているに違いない。
私はドキドキし始めてきた胸を両手で押さえた。
少しだけ震える足をゆっくりと一歩ずつ前に出し、運命の場所に近づいた。
『マイティノベルX！　イベントスタート！』
ゲームのイベント発生を知らせるシステム音声がどこからともなく響き渡った。
やっぱり。私の予想はプペパポピッタリ。
失敗するわけにはいかない。
どんな物語が待っていたとしてもピヨらずに、慎重に、よく考えて。
正しい選択肢を選んでゲームを攻略してみせる。
周囲の光景がモザイク状に歪んだ。
私はマイティノベルXの特殊空間《ゲームエリア》にアクセスした。

気がつくと、私の眼前にはさっきまでと変わらない光景が広がっていた。
ただ唯一違うのは——雨が降っていたこと。

まるでこれから起きる悲劇を予兆するかのように冷たい雨。

雨粒が不規則なリズムで地面を打っている。

さらに道路を走り去る車の走行音が嫌なアクセントとしてプラスされて、なんとも言えない不吉な不協和音を奏でていた。

ふと振り返ると、さっき私が走ってきた道路沿いの歩道の先に、真っ黄色の傘を差した子供がこっちに向かって歩いてくる。

黄色いTシャツに紺のハーフパンツ。青い長靴を履いている。

私はすぐに駆け出してその子に近づいた。

「エム君。また会ったね」

傘を上げると、私の胸辺りの背丈のエムが見上げた。通学途中だったのか背中には黒いランドセルを背負っている。

エムの家で勉強机に座っているエム君を見た時は気がつかなかったけど、こんなに小さかったんだ……。

そりゃそうだよね。まだ八歳なんだもん。

「かさ。もってないの？」

エム君は雨に打たれている私を心配してくれた。

この頃から優しかったんだね。エム。

「これから学校？」

「……うん」

なんだか元気がなさそうだった。

ファンレターを書いていた時の、ゲームのアイデアを楽しそうに喋ってくれた時とは別人みたいだった。

「ちょっとだけ。お姉ちゃんも中に入っていい？」

「……うん」

エム君が傘を高く持ち上げた。

私は少しだけ屈んで傘の中に入れてもらった。

ちょうどエムと同じ目の高さで、私は会話を続けた。

「雨。ヤだね」

「そう？」

「雨。嫌いじゃないの？」

「きらいじゃないよ。もっとふればいいのに」

「なんで？」

「たいふうになれば、がっこうがやすみになるから」

「……学校が休みだと嬉しい？」

「うん」

「どうして？」

「…………」

エムが返事するのに少し間があった。

無理に返事を急かさないように、私はエムを見つめてジッと待った。

「……クラスになじめなくて」

エムは八歳だから小学校三年生。

仮にクラス替えとかあったとしても、一年生の時から顔見知りのクラスメイトだって多いはず。クラスに馴染《なじ》めないんだとしたら何か理由が……。

その時だった。

私の頭の中でポポポーンってエムの家の居間の光景が蘇った。

二度目に行った時、何かが変に感じたワケ。

そう、あの居間は埃一つない清潔空間だった。

いくら綺麗好きな家庭だとしても異常すぎるくらい。

でもどんな家庭だって、そんな清潔空間で暮らせる時間が少しだけある。

それは……引っ越してきてまだ間もない時。

「……この町に引っ越してきたばかりだったから」と私は呟いた。

「……うん」

「そっか。だからクラスのみんなと馴染めてないんだ」

「……うん」

「でも心配いらないよ。そのうち友達ができるって」

「むりだよ。どうせまたすぐひっこすから」

「え、どういうこと？」

「ぼくのパパ、しごとがいそがしくて。てんきんがおおいから」

転勤が多い。

ってことは当然、引っ越しも……。

そっか。ようやくクラスのみんなと馴染めるようになっても、また転勤で引っ越しになって……。

そんなことが続いたらなかなか友達できないよね。可哀相。

「あのさ。お姉ちゃんの勘違いだったらごめんね。エム君が考えたゲームのアイデアの中にさ。橙と翠のヒーローいたでしょ？」

「うん」

「あれってさ。一人がエム君で。もう一人が友達なんじゃないかな？」

「え……」

エム君は「なんで知ってるの？」とでも言いたげな表情で私を見つめた。

「ゲームの遊び相手になってくれる友達が……欲しかったから」

エム君が顔を俯《うつむ》けた。

すると透き通るような白い頬に一筋の水滴が流れ落ちた。

一瞬泣いているのかなと思った。

けど私が濡れないように傘を前に出していたせいで、エム君が雨に濡れていることに気づいた。

この子の頬を伝うのが雨だったのか、涙だったのか、私にはわからない。

私は傘を持つエム君の小さな手を両手で握った。エム君が濡れないように傘を少しだけ押し戻した。

そうだったんだね。

友達がいなかったから。一緒に遊んでくれる相手が欲しかったから。

そんなエムの願望からパラドが生まれたんだね。

「……がっこう、いかなきゃ」

「あ。うん」

私は一歩下がって傘から出た。

エム君は傘を差したまま私の横を通り過ぎ、道路の先へと進んでいく。

行っちゃダメ。そう心の底から叫びたかった。

だって、この後エム君は……。

あくまでこれはゲームの中の物語。現実じゃない。そう自分に言い聞かせた。

それでも。たとえ現実じゃないとしても。とても見ていられなかった。

私が目を背けた時、エム君が苦しむ声が聞こえた。

きっとゲーム病に苦しんでいるんだ。友達ができなくて一人ぼっちでいることのストレスを抱えて。

真っ黄色の傘を差したエム君が車道へと一歩踏み出した。

大音量のクラクションを響かせた乗用車が近づいてくる。

怖くて怖くて仕方なくて。スカートの裾をぎゅっと摑んだ。

強い衝撃音が轟《とどろ》いた。

近くの通行人が気づいて「救急車！」と叫んだ。

私は居ても立ってもいられず、路上に倒れているエム君に駆け寄った。

小さな頭から血が流れている。目の焦点も合っていない。

私の目頭が熱くなり、頰を一筋の水滴が伝った。

ずっと雨に打たれていたけど、これは雨粒じゃない。

私はエムの小さな身体を力強く抱きしめた。

実際の事故なら救命の知識もないのに重体患者を動かすなんて絶対やっちゃいけないことだけど、これは現実じゃない。

エムを抱きしめずにはいられなかった。

エムの身体は弱々しく震えていた。

「……ぼくって、こうなるうんめいだったのかな？」

「え……」

「ぼくがいらないにんげんだから、ゲームオーバーになったのかな？」

その時、震えていたエムの身体がぴたりと止まった。

鳴り止んだオルゴールみたいに動かなくなった。

マイティノベルXの分岐点に差し掛かったんだと悟った。

目の前にホログラムモニタが映し出され、三つの選択肢が表示された。

《はい》《いいえ》《その他》

ひどい。ひどすぎる。こんな物語……。

考えるまでもないよ……。

私の答えは……。

「いいえ」

動かないままのエムを目一杯抱きしめた。

「……違うよ……エムは要らない人間なんかじゃない……全部あの人のせい」

エムのファンレターを見たクロトが。

エムの才能に嫉妬したクロトが。

ファンレターのお返しにゲームを送りつけた。

バグスターウイルスが潜伏しているゲームを。

そのゲームをプレイして、エムは感染した。

そうでなきゃ、エムは事故には遭わなかった。

ゲーム病に苦しまなきゃ、路上に飛び出したりしなかった。

全部クロトのせい。

エムのせいじゃない。

全部クロトのせいなんだよ。

エムは要らない人間なんかじゃないんだよ。

私は目から溢れ出る涙を止めることができなかった。

その時、ゲームの行方を知らせるシステム音声が響き渡った。
『ゲームオーバー』
情け容赦ないトーンが耳に飛び込み、私は言葉を失くした。
一体どこで何を間違えたのか、私にはまるでわからなかった。
私はただ事実を言葉にしただけだった。
気がつくと、腕に抱いていたはずのエムの姿が消えていた。
耳に飛び込んでいた雨の不協和音が消えていた。
私は暗闇の中にぽつんと佇んでいた。
もしかしてこれは意地悪なクロトが仕掛けた罠？
マイティノベルXはクロトがでっち上げた嘘の物語？
私の頭の中でいろんな想いが駆け巡った。
けど。もう。私には確かめることはできない。
次の瞬間。私の意識がぷつりと消えた。

壊れかけの innocence

こんな運命など……ノーサンキューだ。


ポッピーピポパポまでもが音信不通になって丸二日が経過した。

やはり首根っこを捕まえてでもあいつを止めておくべきだった。

昨日、日向審議官から一度連絡を受けた。

審議官曰く、ポッピーピポパポは小児科医が子供の頃に交通事故に遭った場所について知りたがっていたらしい。

おそらくポッピーピポパポはそこがノベルスポットだと考え、マイティノベルXの攻略に挑んだのだろう。

バグスターのあいつならば重大な危機に直面したとしても緊急避難が可能なはず。

そう高を括《くく》ってしまっていた二日前の自分の判断ミスを心の底から恨む。

が、後悔したところで事態は何も改善しない。気持ちを切り替え、俺がすべきことが何かを冷静に分析する必要がある。

かつてアメリカに留学していた時、世界最高峰の医療技術を有する大病院の外科教授から学んだ教訓がある。

《オペにおける最大の魔物は己の感情である》と。

感情は乱数を孕《はら》み、最も非論理的な存在である。

患者の生死が関わるオペの現場において万が一不測の事態が発生した時、感情という名の不確定因子は執刀医の冷静な判断力を奪い、本来ならありえない致命的なミスを生みかねない。そうならない為にも日々の訓練によって揺るがぬ自信を身に付け、あらゆる不測の状況に対応できる入念な準備をしておく必要がある。精神的にも物理的にもだ。

気持ちを切り替えろ。

私情を捨てろ。

まだオペは終わっていない。後悔するのは全てが終わった後だ。

「大先生。お二人さんがご到着だ」

監察医の言葉が俺の思考を遮った。

厳密に言えば、監察医が発した言葉が空気振動を起こして俺の鼓膜を振動させた。それが耳小骨《じしょうこつ》で増幅され、蝸牛《かぎゅう》と呼ばれる内耳の感覚器官で電気信号に変換され、その周波数や強さが分析された後、俺の脳神経に運ばれて……。

失礼。今はそんな話はどうでもいい。

振り返ると、ＣＲの医局に開業医と女子ゲーマーの姿があった。

開業医は黒いVネックシャツ。迷彩柄のアーミーパンツ。黒いブーツ。そして白衣を羽織り、準備万端といった出で立ち。女子ゲーマーは心なしか大人びた雰囲気だが、原色使いのカラフルな服装にミニスカートを身に着けている。

「遠路はるばるご苦労だったな」

そう俺が言いかけるや否や、開業医が近づいてきて俺の胸ぐらを掴んだ。

「ブレイブとレーザーがついてたってのになんでこんなことになった！」

「大我。今はウチらが言い争ってる場合じゃないでしょ」

女子ゲーマーが正論を突きつけた。

開業医は返す言葉がなかったのか、俺から手を離す。

俺は乱れた白衣の襟を整え、これまでの経緯を二人に説明。現時点で知り得る全ての情報を共有した。

「ポッピーピポパポもマイティノベルXの攻略に失敗して犠牲になったと考えられる。とにかく今回のオペは今までとは一線を画すことを覚悟しておけ」

「望むところだ」と開業医は吐き捨てた。

早速、監察医が口火を切って本題に入る。

「んじゃま。雁首《がんくび》揃ったところでドクターカンファレンスといきますか。ニコちゃん、永夢の過去について知ってること教えてもらえる？」

「オッケー。あんたたちに電話もらってからこっち来るまでの間、昔のゲーマー仲間から情報収集しといたよ。ていうかあたしも初めて知って衝撃だったんだけど、あいつ高校の頃お父さんと二人暮らしだったらしいよ。永夢が産まれてすぐ病気でお母さんが亡くなって」

母親がいない……初耳だった。

家族の話題になった時、小児科医は言葉を濁すような態度だったが、どうやら複雑な家庭環境だったようだ。

そんなことをあいつは今まで微塵《みじん》も感じさせなかった。

その事実を知っていたところで俺たちに何ができるというわけではないかもしれない。

だとしても。水臭い。

こんなことを俺が口にすれば「飛彩さんには言われたくありませんよ」とお前は言うかもしれないが。

家族のことをずっと胸の内に秘めたままお前は笑っていたのか。

俺たちに気を遣わせないようにしていたとでもいうのか。

独り善がりもいいところだ。

この俺がお前に気を遣うとでも思ったか。

お前にどういう事情があろうが、俺とお前は俺とお前だ。

それ以外の何物でもないだろう。

……待てよ。

そんな小児科医の前で……俺は自分の家庭環境についてべらべらと語ってしまっていたというのか……。

俺は自分を恥じた。小児科医に気の毒な思いをさせてしまったことを。

「そんなことだろうと思ったぜ」

「どういう意味だ。レーザー」と開業医が訊いた。

「いや。前に永夢と家族の話になったんだけど、あいつ、妙にそわそわしてる感じがしたからさ。なんか裏があるんじゃないかってな」

監察医がそう告げた時、《やられた》と思った。

「監察医。まさかお前、そのことを予感していたから、わざと自分の家族のことをデタラメに話したのか？　小児科医の気を悪くさせない為に」

「まぁまぁ。今はそんな話いいじゃない」

全く。相変わらず監察医は抜け目ない男だ。常に人間の表裏を感じ取り、用意周到に振る舞う。

この男ほど観察力に優れた人間は他に見たことがない。もはや職業病に近いものを感じる時すらある。物言わぬ遺体を入念に観察し、遺されたメッセージを読み取って死因を導き出す。そんな監察医の目ならば、生きた人間の裏を読み取るのは赤子の手を捻るようなものか。

何はともあれ。小児科医は父子家庭だということが判明した。

この事実はマイティノベルXの攻略において何かしらの手がかりとなり得るかもしれない。

女子ゲーマーはさらに入手した情報を語り出した。

「で。永夢のお父さんについて。名前は宝生清長《きよなが》。今はどうかわからないけど、永夢が高校生の頃は『メディクトリック』ってとこの会社員だったみたい」

「メディクトリック。国内最大手の医療機器メーカーじゃないか」

「さっすがブレイブ！　詳しい～っ！」と女子ゲーマーが茶化してきた。

「当然だ。ウチの病院の設備にはメディクトリック製の物が多い。特に人工呼吸器や透析装置など患者の生命維持に関わる医療機器がな」

「へえ、永夢のお父さんってそんなすごい物作ってる会社にいたんだ！」

さらに女子ゲーマーの報告によって判明した事実は以下の通りだ。

小児科医の父親は当時メディクトリックの開発部に所属していた。

転校を重ねた為、学校の友達はほとんどいなかったようだ。小児科医がまだ幼い頃、仕事の関係で住まいを転々とすることが多かったらしい。

好物はハンバーガー。父子家庭が原因だったのか子供の頃からスーパーの弁当や惣菜、冷凍食品を食べる機会が多かったせいで、たまに行くバーガーショップでの外食が一番のご褒美だった。その時の嗜好性が高校時代も続いていたらしい。

その他にも、すぐ転んで怪我する癖があるとか、綺麗好きで洗濯はコインランドリーを愛用しているとか、音楽はテクノポップを好むとか、ちょっとした雑学も混じっていたが念の為留意しておいた。

それにしても驚かされたのは小児科医の父親だ。メディクトリックの開発部ということは最先端医療機器の開発に関わる第一人者であり、俺たちドクターとは違った立場で人の命を預かる重要な仕事だ。転勤が多かったことを考えると多忙な毎日を過ごしていたであろうことは容易に想像がつく。

だとすればだ。

そんな父親と二人暮らしをしていた小児科医は、家で孤独に過ごすことも多かったのかもしれない。あいつが無類のゲーム好きであることも一人で遊ぶ時間が多かったからだとすれば合点がいく。コインランドリーを愛用していたのもそのあたりの事情が関係していたのかもしれない。

少しずつ小児科医を取り巻く背景が輪郭を帯びてきた。

その情報がオペの助けになるかどうかは定かではないが、入念な準備をしておくに越したことはない。患者の生死が関わるオペにおいて、あらゆる不測の状況にも対応できるように。

「よし。ドクターカンファレンスは以上だ。事態は急を要する。オペは同時進行で行う」

「同時進行って。ブレイブ、それどういう意味？」と女子ゲーマーが訊ねてきた。

「お前たちも承知の通り、マイティノベルXを攻略する為にはこの町のどこかにあるノベルスポットを一つずつクリアしていく必要がある。固まって行動したのでは執刀時間をロスするだけだ。手分けしてオペを行う。複数の患部を同時に執刀するようにな」

「いいだろう」と開業医も同意した。

「でも大丈夫かなぁ？　アンタら二人とも心療内科は専門外だろ？」と監察医が皮肉交じりに告げた。

　それはお前も同じだろう。四の五の言ってられる状況じゃない。

　そんな台詞が喉まで出かかったが、監察医は俺の真意を読み取ったのか、「ま。それは自分も同じだけど」と自己完結した。

　望むところだ。

　世界で一番のドクターになる。そう小姫と約束したんだ。

　オペでメスを握ることだけが俺の能力ではない。

　どんな病であろうと俺には関係ない。

そこに患者がいる限り、俺が治してみせる。
俺は改めて俺の決意を言葉にする。
言葉にして口に出すことで、その言葉で俺自身を縛る為だ。
単なる理想ではない。
決して虚勢でもない。
Say and Do.
口にして、行動する。ただそれだけ。
「俺に切れないものはない」

一足先にCRを出発した俺は、聖都大学附属病院の表でタクシーを拾った。

「新京中央病院までお願いします」

タクシーの運転手は土地鑑のあるベテランだったらしく、詳しい道筋を確認することもなく車を発進させた。

平日の昼下がりの時刻。本来ならば比較的道は空いているはずだったが、どういう訳か今日という日に限って混んでいた。

よくよく思い返してみると、ちょうど今日は大型連休のど真ん中だ。

行楽帰りのファミリーカーが数多く見受けられた。

しかしどんな時でも俺は平常心を崩さない術を身につけている。

このような事態は今に始まったことではない。俺は今まで一分一秒を争う緊急手術に何度も直面してきたからだ。

たとえ自宅で入浴中だろうと就寝中だろうと患者は待ってはくれない。救急からの一報を受ければすぐにハイヤーを手配し、聖都大学附属病院に急行する。

滅多なことでは自らバイクや車を運転することはない。

移動中に患者の容態に関する具体的な情報を仕入れ、オペのイメージトレーニングを行うからだ。万全なビジョンさえ摑めていれば執刀時間が劇的に短縮し、患者の身体に負担をかけずに済む。

今回も例外ではない。

いつものようにイメージトレーニングを開始しよう。

俺がこれから向かう新京中央病院は重要な意味を持つ場所だ。

あらかじめ俺は親父に頼んで情報収集を済ませていたのだ。日向審議官がかつてドクターとして勤務していたのが新京中央病院であることを。

つまり。かつて八歳児の小児科医が緊急オペを受けた病院であり、小児科医の過去を語る上で欠かせない要所だ。

小児科医は日向審議官に命を救われたことがキッカケとなり、ドクターを志すようになった。二人の出会った新京中央病院には小児科医の運命に関わる物語が眠っているに違いない。

俺はマイティノベルXというゲームの特性について推察してみることにした。

小児科医は――そしておそらくポッピーピポパポも――攻略に失敗してゲームオーバーになった。

ゲーム攻略において小児科医の右に出る者はいない。それほどの腕前を持つ男が攻略できなかったことには何か特別な理由があるはずだ。

小児科医とポッピーピポパポ。あの二人に共通していることがあるとすれば、お人好しであるがゆえ患者に深入りしすぎるきらいがあるところだ。

もし。マイティノベルXの攻略において、そのお人好しな性格が仇《あだ》になっていたとしたら……。

何しろあの檀黎斗が仕掛けたゲームだ。

悪趣味なゲームであることは想像するまでもない。

物語に没入し深入りした人間を騙し討ちにする。そんな罠を仕掛けていたとしても不思議ではない。

幸か不幸か、俺は小児科医と一定の距離を保って接し続けてきた。

そう。それが俺とあいつだった。

馴れ合わない関係が俺とあいつには心地よかった。

プライベートには関わらず、仕事上の戦友であり続けることが。

人生の数パーセントの時間だけを共有し、互いの数パーセントの信頼のみを共有する。

それ以上は余分だ。強固な数パーセントだけでいい。

マイティノベルXが小児科医自身の物語だとするならば、どんな物語が待ち受けていたとしても俺ならば客観的に分析できる。

深入りは禁物だ。

小児科医を救うという意識は捨てるんだ。

今から救おうとする患者が誰かなんてどうでもいい。

ただ目の前の患者に適切な処置を施し治療する。それだけのことだ。

オペにおける最大の魔物は己の感情なのだから。

俺が万全なビジョンを獲得した時、タクシーは目的地に到着した。


新京中央病院は聖都第四地区を代表する大病院であり、国内において聖都大学附属病院と双璧を成す規模でもある。

すでに新京中央病院の病院長への根回しは親父がしてくれていた。

受付で名前を名乗ると、手隙の事務員が目的の場所まで案内してくれた。

小児病棟三〇七号室。

幸いベッドは空いていた。

かつて日向審議官のオペによって命を救われた小児科医が入院していた病室だ。

事務員にお礼を告げて別れると、俺は病室に足を踏み入れた。

そしてポッピーピポパポから聞いていた参加条件——ゲーマドライバーを取り出し腰に装着。

『マイティノベルX！　イベントスタート！』

ゲームのシステム音声がどこからともなく響き渡った。

病室内がモザイク状に歪む。

さあ、オペの時間だ。


気がつくと、俺はマイティノベルXの特殊空間《ゲームエリア》に佇んでいた。

周囲の光景は先程とほぼ変わらない病室だ。いくつかの付帯設備だけ二十年以上前の旧式の物に変わっている。

少し角度を上げたリクライニングベッドの上で一人の少年が上体を起こして横になっていた。

小さな腕には点滴用の針が差し込まれ、テープで固定されている。

その手で携帯ゲーム機を操作し、夢中になってゲームに興じている。

その少年の顔にはどことなく小児科医の面影がある気がした。

顔面の造形が特別似ているとは思わなかったが、ゲームをしている時の眼差しが瓜二つだ。

交通事故によって内臓破裂を起こしていたとすれば、長時間に及ぶ大手術だったに違いない。その小さな身体でよく耐えたものだな、小児科医。いや……小児科医ジュニア。

「パパ⁉」

俺の気配に気づいた小児科医ジュニアが突然俺に向かって叫んだ。

突然のことにおもわず首を横に振って否定した。

それと同時に既視感を感じた。こんな状況を前にも経験したことがある。

そう。以前、オペで救った小児脳腫瘍患者の星まどかちゃんだ。

あの時もＶＲのゲーム空間の中で俺はまどかちゃんのパパになった。正確にはパパを演じさせられた。

まさかまたこの俺にパパをやれと言うのか。

小児科医ジュニアは俺をジッと見ていた。

いや、俺というよりは、俺の白衣を。

「かいしんのじかん？」

なるほど。どうやら俺をパパだと勘違いしただけのようだ。

安心した。もうパパは懲り懲りだ。しかも相手が小児科医では茶番が過ぎる。

「回診は後で日向審議官……いや、日向恭太郎先生が来るだろう。その前に少しだけ問診したい。ゲームが一段落したら声をかけてくれ」

突然見ず知らずのドクターにそんなことを言われたら戸惑うだろうか。

もう少しきちんとした説明をしておくべきか。

いや、伝えたところで幼い頭で理解できるだろうか。

そんなことを考えていると、小児科医ジュニアはゲーム機の電源を切り、サイドテーブルに置いた。

「いいよ」

物分かりのいい子供で助かった。

「いいのか？　ゲームの途中だったんじゃないのか？」

「へいきだよ。ちょうどデータはセーブしたところだから」

「そうか」

束の間の沈黙が流れた。

ただの世間話をしに来たわけじゃない。本題に切り込むか。

「さっきパパと言っていたが……」

小児科医ジュニアの表情が少しだけ強張った気がした。

俺は躊躇することなく言葉を続けた。

「パパが見舞いに来てくれるのを待っていたのか？」

「……こないよ」

「そんなことはないだろう。パパは君のことを心配しているはずだ」

「……さいしょのいっかいだけだから」

「最初だけ？　それ以来、見舞いに来てないのか？」

「……うん」

小児科医ジュニアは口角を下げ、暗い面持ちになった。

「……一度も？」

やや大人げないとは思ったが一歩踏み込んで追及してみると、今度は少しだけ口角が上がり明るく微笑んでみせた。

「うん。でもしかたないんだ。パパ、しごとがいそがしいから」

やはりこの子は小児科医にそっくりだ。そう思った。

お前はこんな小さい頃からお人好しだったのか。

淋しい。辛い。苦しい。その全てを一人で背負い込み、また俺の前で笑うというのか。

なぜストレートに本音でぶつかってこない？

お前は一体何を恐れている？

自分本位でいることが醜悪な行為だとでも思っているのか？

だとしたらお前の独り善がりはもはや病気だ。

ましてや今のお前はまだ八歳の子供。社会のしがらみとも、大人の駆け引きとも、無縁な立場だ。我儘《わがまま》をぶちまけて己の願望を押し通す資格と権利を持っているんだぞ。

「でもぼくにはゲームがあるから。せんせいがくれたんだ」

先生とは、日向審議官のことか。

小児科医にとってやはりゲームはかけがえのない存在だったようだ。

一人で過ごすことが多かったお前にとって、ゲームこそが心の支えだった。

お前の話し相手であり、遊び相手だった。

ゲームがお前を笑顔にしていたのだな。

俺は小児科医が掲げ続けていたドクターとしての信念のルーツを垣間見た気がした。

身体を治すだけでは本当の治療とは言えない。

患者が笑顔を取り戻し、心も健康になって初めて完治したと言える。

その考え方によって救われた最初の患者は、他でもない小児科医自身だったのだ。

その事実を知った時、俺が抱いていた小児科医に対するイメージが百八十度変わった。

単なる理想論でも綺麗事でもない。己の体験談に基づく教訓。

今まで小児科医が訴え続けてきた言葉の一つ一つが重力を帯び、俺の脳内にずしりと伸し掛かった。

その時、背後に気配を感じ、振り向いた。

白衣を身に纏った日向恭太郎だ。まだ皺《しわ》も少なく若さを感じる精悍な面持ちである。

日向先生は脇目も振らず、小児科医ジュニアの傍らに歩み寄った。

「永夢。身体の調子はどうだ？」

日向先生はまるで俺の存在に気づかず、小児科医ジュニアの診察を始めた。

この病院とは無関係な俺が白衣姿で病室にいるというのに、完全にノータッチだなんて本来なら考えられない。

つまりこういうことか。

マイティノベルXの主人公は小児科医。プレイヤーである俺がコミュニケーションを取れるのは主人公の小児科医のみ。主人公以外の登場人物には干渉できない。それがマイティノベルXのゲームルール。

日向先生は形式的な診察を済ませ、小児科医ジュニアの術後経過に異常がないことを確認すると、妙なことを話し始めた。

「永夢。君に一つだけ確認しておきたいことがある。これはドクターとしてではなく、一人の人間としての質問だ」

「……なに？」

「……交通事故に遭った雨の日、君はなぜあの道路を歩いていたんだい？」

小児科医ジュニアはなぜか気まずそうに俯いた。

「君のお家から小学校に向かうには、お家を出て坂道を下る。つまり君が交通事故に遭った道路は通学路とは反対側だ。寄り道していたんだとしたら学校に遅刻してしまう時間だろう？」

初耳だった。

小児科医が交通事故に遭ったのは通学路とは反対側の道路。

なぜそんな道を歩いていたんだ？

「……まいごになっちゃって」

「……そうか。引っ越したばかりで道がわからなかったんだね」

「……うん」

見慣れない町に引っ越したばかりなら土地鑑がなかったとしても仕方ない。

しかし毎朝の通学のことだ。家を出てすぐの坂道を上るか下るか。それだけのことも間違えたというのか。

確かに小児科医にはそそっかしく落ち着きのない一面があった。

ドクターでありながら些細なことでよく負傷する。

院内の廊下の曲がり角で出会い頭に誰かと正面衝突したり。階段を踏み外して転落したり。酷い時は何の障害物も段差もないバリアフリーの道ですら転倒する。

打ち身、捻挫、打撲などあいつの負傷歴を数え上げたらキリがない。あまりの頻度に運動を司る脳機能に重大な欠陥があるのではないかと疑いたくなったほどだ。

そんなあいつのことだ。通学路を間違えて迷子になったとしても不思議ではない。

そう結論付け、特に気にすることではないと思い至った。

まだこの時は。


日向先生が回診を終えて病室を去った後も、俺は病室に残っていた。

小児科医ジュニアは携帯ゲーム機でゲームの続きを楽しんでいる。

生死の境を彷徨う事故に遭ったにも拘らず術後経過は良好なようだ。

日向先生の処置は俺の目から見ても完璧だった。

身体が小さい小児患者のオペは術野が狭くなる為、特に難易度が高い。

しかも事故に際しての救命は十分な準備を整える時間がない中で、即断即決で行わなければならない。それを見事に成し遂げただけでも賞賛に値するが、それ以上に気配りが行き届いていたのが腹部の縫合だ。メスを入れた患部が目立たないように丁寧な処理が施されている。

未来ある小児患者の場合、見た目にも気を配ることが執刀医の腕の見せ所なのだ。

「あの」

おもむろに小児科医ジュニアが口を開いた。

「どれくらいしたら、たいいんになる?」

「……二ヵ月もすれば退院できるだろう。日向先生に感謝するんだな。本来ならその倍以上入院していたとしてもおかしくなかった」

「……たったにかげつ」

妙な物言いだった。まるで退院したくないかのような態度だ。

「退院して家に帰れば父親にも会えるようになる」

「……またけがしたら、にゅういんできるかな」

「なぜそんなことを言う」

「……だって。せんせいもかんごしさんもやさしいし。パパのしごともじゃましなくていいし」

「学校はどうする？」

「……べつにいきたくない。おみまいにきてくれるともだちもいないし。いったってつまんないから」

俺はかける言葉を見失った。

胸の奥が疼《うず》き、心臓が締め付けられるような感覚に陥った。

学校に行かないという言葉が俺の辞書にはなかったからだ。

俺も小学生の頃から根本的に友達付き合いが良いタイプではなかった。両親から学校は勉強するところだと教えられていたし、俺もそうだと信じて疑わなかった。

もちろんクラスメイトと最低限の交流はしたし、団体行動をいたずらに乱すような問題を起こすこともなかったが、そもそも学校に通う意義が友達の有無によって左右されるようなことは一度もなかった。むしろ皆勤賞を目指し、発熱を起こしても学校だけは絶対に休まない姿勢を貫いていた。小学生の頃には自分はドクターになると決めていたこともあって、進学のことも想定して内申点を獲得する為に生徒会の委員長も務めた。

そんな学校生活が当たり前だと思っていたし、何の疑問も抱かなかった。

ましてや小児科医は俺と肩を並べるＣＲのドクターだ。同じ聖都大学医学部に入学し、同じ病院に勤めている。にも拘らず、俺と小児科医がまるで正反対の幼少期を過ごしていたなんて信じられなかった。人間など千差万別であることは重々承知しているが、小児科医もある程度の優等生街道だったんだろうと勝手に思い込んでいた。

もちろん生い立ちを差別するつもりなど毛頭ない。ただやるせなかった。俺と違って笑顔が絶えない小児科医にこんな裏事情があったとは……。

小児科医ジュニアが何か言いたげな表情を見せた。

俺はこの子の思いを受け止めきれるのか？

一抹の不安がよぎり、額にうっすらと汗が滲《にじ》んだ。

「ねえ……ぼく、ずっとここに入院してちゃダメかな……？」

それが最後の言葉だった。

小児科医ジュニアは臨床実習用の精巧な人形のように動かなくなった。

眼前にホログラムモニタが映し出され、三つの選択肢が表示された。

《いいよ》《ダメだ》《その他》

これがマイティノベルXの分岐点か……。

俺は動揺を隠せなかった。

純粋で、健気で、利口な目の前の少年は何を思っているのか。どんな答えを望んでいるのか。あらゆる状況を想定していたつもりだったが、今の俺は完全に無策な状態で試練に挑もうとしている。

額から吹き出る汗が量を増し、俺の睫毛《まつげ》を湿らせる。おもわず瞬きすると汗が目に入って強く沁《し》みる。俺の指示一つで汗を拭いてくれる看護師は存在しない。このオペは俺一人で切り抜けなければならないのだ。

心臓の鼓動がゆっくりと高鳴る。俺の中に魔物が生まれているのを感じた。

《オペにおける最大の魔物》

その時、ふと我に返った。

そうだ。俺は自分を見失いかけて肝心なことを忘れていた。深入りは禁物だ。小児科医を救うという意識は捨てるんだ。今から救おうとする患者が誰かなんてどうでもいい。

ただ目の前の患者に適切な処置を施し治療する。それだけのことだ。

俺は瞑想し、心の中で三秒数えた。一分一秒を争うオペであればあるほど、この三秒が重要だ。

いち。に。さん。

呼吸を整え、冷静な判断力を取り戻す無のひととき。

《いいよ》《ダメだ》《その他》

俺の答えは決まった……。

「ダメだ。ドクターの立場としては君の願いは許可できない」

俺は目を開き、脳に浮かんだ文字列を事務的に口にした。

病に苦しむ患者は他にもいる。回復した患者をずっと病室に寝かせておくなんてありえない。ドクターとして当然の判断だ。

しかしその解答だけでは充分ではない。

俺はさらなる言葉を続けた。

「ただし。学校に行きたくないのならば行く必要はない。小学校は義務教育だが、世の中には学校に通っていない生徒だってゴマンといる。君だけが例外なわけではない」

小児科医ジュニアがぴくりと反応し、俺を見て沈黙していた。

その沈黙が何を意味するのか俺にはわからなかった。

ただ自分の解答に後悔はない。

心理カウンセリングにおいて心に病を抱える患者に対し、《頑張れ》という激励は時として逆効果になる場合がある。

心の問題を抱えている原因が《自分が頑張っていないせいだ》と患者に感じさせてしまい、全てを否定したかのように受け取られてしまうケース。

すでに精一杯頑張っている患者に対しては《これ以上何を頑張ればいいのか》と思わせて過度のプレッシャーを与えて追いつめてしまうケース。

最悪の場合、《何も理解してくれていない》と患者が心を閉ざしてしまうケースも。

心療内科の専門医がどうアプローチするのかは知らないが、これが今の俺が下した答えだ。

俺は世界で一番のドクターだ。

俺に切れないものはない。

俺は心の中で改めてそう宣言した。

次の瞬間、俺の鼓膜が振動するのを感じた。

ゲームの結末を告げる運命のシステム音声が電気信号に変換され、俺の大脳の聴覚野に伝達される。

俺はゲームの運命を知覚した。

バンと撃ち抜かれたような鈍痛が俺の頭に響いている。


その理由は大方見当がついている。

原因の一割は時差ボケ。アメリカから日本に戻ってきたばかりだからだ。

残りの九割はさっきから隣でベラベラくっちゃべるニコの声だ。

CRを出た俺たちはマイティノベルXに挑むべく、ある目的地に向かっていた。

地下鉄で聖都第六地区の最寄り駅まで向かい、駅から徒歩五分ほどの道のりを歩いている。

「懐かしいな、この道。あーっ、見て見て！　ゲーセンが新しくなってる！」

ニコが道路沿いのゲームセンターに小走りで駆け寄り、無駄にテンション高めで店内を覗き込んでいる。

成人して少しは丸くなるかと期待した俺がバカだった。むしろ海外生活でアメリカナイズされて以前よりも騒々しい。

ニコがいなくなって少しは静かに暮らせると思ってたってのに。

全ての始まりは俺が経営している病院――花家ゲーム病クリニックにかかってきた一本の電話だった。

ご丁寧に開業時間の九時ちょうど。電話越しでも聞こえるように意識していたのか、あえて大げさな咳を二度三度してから電話口の女が口走った。

「大我〜、風邪引いた〜」

体調を崩した人間とは思えないほどあっけらかんとした口調だった。

ほとんどイタズラ電話だ。

本来なら無視したいところだったが、ドクターとしては無下にするわけにもいかない。

俺は溜息混じりに訊いてみた。

「熱は？」

「三十七度五分」

「飯食って寝てりゃ治る」

「はあ？　もし死んだらどうすんの⁉」

「喧嘩売る元気があるなら心配いらねえよ」

「あー今ので熱上がった。もう無理。大我のせい。早く。三十分で来て」

「は？　本気で言ってんのか？」

「あたしがどこに行こうが主治医は俺だって言ったのはアンタでしょ！　前に送った絵葉書に書いた住所にいるから」

ニコは俺の返事も待たずに一方的に電話を切った。やり口がほとんど暴力団だ。

三年前にあいつが俺の病院を去った後、一通の絵葉書が届いていた。

自由の女神の写真がプリントされた葉書に書かれていたのは、俺の宛先と差出人だったあいつの住所のみ。他には何のメッセージもない。その絵葉書に何の意味があったのか謎だったが、単に自分の住所を知らせる為だったのかもしれない。

相変わらず図太い神経してやがる。

仕方なくパスポートを確認してみると、残念ながらまだギリギリ有効期限内だった。五年用だったら期限が切れてるって言い訳も通用したが、律儀に十年用とは。

結局、俺は着の身着のままでクリニックを飛び出し、午後には太平洋の上空にいた。たまたま座席が空いていたおかげで幸運にもエコノミークラスの窓際の席が取れた。

飛行機に乗ったのは何年振りか……そういえばあの時も窓際の席だった。

かつて俺は医師免許を剝奪され、この国に居場所を失った。

たとえドクターの技術を身につけていたとしても。たとえドクターの精神を宿していたとしても。免許がなければこの国で医療活動はできない。

医師免許剝奪から二年ほどは自堕落な日々を過ごした。何をしていたかまるで覚えていない。そんな自分に嫌気が差して、全てを忘れる為にできるだけこの地から遠い場所に行きたいと思うようになった。

俺は十年用のパスポートを発行してもらい、海の向こう側へ旅に出た。

行き先なんてどこでもよかった。

だが、その旅は俺に何も与えてはくれなかった。

結局、予定の日程の半分も消化せずに日本に帰ってきた。

結局、俺はドクターを辞められなかった。表立って治療するわけにはいかない訳ありの怪我を負った患者相手に闇医者まがいの仕事を始めた。

稼ぎは最低限の生活費を除いて全部株に突っ込んだ。

所詮は汚い金。全部無くなったって惜しくないと思っていた。

何の皮肉か、逆に儲《もう》けが膨らんじまったのは余談だが。

そんな俺が今じゃ正規のゲーム病専門医だ。

人生何が起こるかわからない。

「ちょっと。人の話聞いてんの⁉」

隣にいたニコが俺のケツを思いっきり蹴り飛ばした。

「いって。何すんだてめえ！」

「シカトしたアンタが悪いんでしょ！　どうやって中に入ろうかって訊いてんの！」

ニコが一方を指差した。その先に目を移すと聖都パブリックホールが聳《そび》え立っている。

いつの間にか目的地に到着していたらしい。

このホールはかつて大人気対戦格闘ゲームの全国大会会場として使われた場所だった。

ニコが天才ゲーマーNを名乗り、天才ゲーマーMと優勝を競った、あの。

この場所を提案したのは俺だ。

ニコ曰く、当時のエグゼイドは自分を《俺》と呼ぶ男だった。あいつの身体にパラドが感染していたことでゲーマーMとしての性格が芽生えていたからだ。

そのゲーム大会後、エグゼイドは遺伝子医療の権威と言われた財前美智彦による手術を受けて体内からパラドが分離した。

つまりエグゼイドにとってこれ以上ないほど人生を左右した運命の場所ってわけだ。

ニコの記憶も頼りにしつつその物語に挑むつもりだった。

「どうやって入るってわかりきったこと訊くな。入り口からに決まってんだろうが」

「あのねえ。あたしのことバカにしてんの？　そんなこと言われなくたってわかってるっつーの。これ見て。ほら」

近くにあった案内板を見ると、ちょうどホールでイベントが開催中だったようだ。

《お化け屋敷で縁結び！　新感覚婚活パーティー！》

お化け屋敷だと……？

大きな声じゃ言えないが心霊の類は大の苦手だ。

実は聖都大学附属病院で放射線科医をやってた頃、夜の院内で一度だけ見たことがあるんだ。

何を見たかは具体的には言わねえぞ。思い出したくもないからな。

ただそれ以来、トラウマになっちまってな。

ドクターを続けてて何が一番しんどいって夜の病院だ。あれだけは未だに慣れない。

「確かにお化け屋敷は入りづらいな……」

「いやいや！　食いつくとこ、そこじゃないでしょ」

「は？」

「婚活パーティーだよ⁉　エントリーしないと会場の中に入れないみたいだし。超気まずいんだけど！　どっか別の入り口からこっそり侵入するしかないかな」

「それじゃ不法侵入になるだろうが」

「じゃあどうしろって言うわけ⁉」

入り口の受付を見ると、まだ定員に達してなかったのか係員が飛び入りの参加者を募集する呼び込みをかけていた。

「飛び入り参加するしかねえだろ」

「はあ⁉　本気で言ってんの⁉」

「ただ中に入るだけだろ。何、意識してんだ」

「……別に。意識なんてしてないし」

俺たちは覚悟を決め、受付に向かった。

受付は予約済みの参加者用の窓口と当日申し込み用の窓口にわかれていた。

予約済みの方には、出会いを求める若い連中から中年男女まで幅広い層の参加者が列を作っている。

空いていた当日申し込みの窓口に向かおうとした時、ニコが俺の腕を掴んだ。

「待って！　キモいおっさんたちがあたしのことギラギラ見てんだけど！」

「そういう目的で来てんだから仕方ねえだろ。ほっとけ」

窓口の係員に参加希望を告げてエントリー料を支払うと、プロフィールカードを渡され必要事項の書き込みを迫られた。

登録番号。氏名。年齢。住所。血液型。星座。身長。職業。勤務地。年収。趣味。自分の性格。好きなタイプ。

こんな場所に来るのはもちろん初めてだが、ここまで細かく個人情報を要求されるものなのかと驚かされた。

当然といえば当然か。人生を左右する問題だもんな。

俺は手早く項目を書き込んだ。

あらかた埋め終えたが、最後の最後で困ったのは『自分の性格』だ。

自分がどんな性格なのかいまいち判断がつかない。

「あー、やっぱそこ止まるよねー」とニコが俺のカードを覗き込んできた。

「勝手に見んな！」と俺はカードを伏せた。

「じゃあお互いに相手の性格書くことにしない？」

「別に適当に書いときゃいいだろ」

「いいからほら！」

ニコが強引にお互いのカードを交換してきやがったので仕方なく応じるしかなかった。

まあ確かに。こいつの性格なら書きやすい。

ニコのプロフィールカードにペンを走らせ、書き終わった互いのカードを交換した。

ニコが書いた俺の性格を見て、こんな偶然があるのかと驚いた。

二人とも相手の性格を《素直じゃない》と書いていたからだ。

「あのさ。こういう場って普通、自分の長所をアピールするもんでしょ！　なんで悪口書くわけ⁉」

「その言葉そっくりお返しするよ」

「……もういい。さっさと書いて終わらせよ」

　同感だ。

　俺は再びカードに目を向けると、一番最後に最大の難関が待ち受けていることに気づいた。

《好きなタイプ》

　自分のタイプがどういう相手なのか、改まって考えたことなんてなかった。

　ま、本気で考える必要もないだろ。

　俺は《素直な人》と書き殴った。

「ちょっと。それあたしに対する嫌味？」とニコがまた俺のカードを覗き込んできた。

「嫌味じゃない。事実を書いたまでだ」

「ムカつく」

「お前のも見せてみろ」

「絶対やだ！」

　ニコはカードをポケットに隠して見せなかった。

　まあむりやり追及するほどのことでもないか。放っておこう。

手続きにやけに時間を食っちまったが、ようやく会場内に入れるようになった。

ここからは遊びじゃない。

わずかな気の緩みでゲームオーバーになりかねない。

俺一人だけならともかくニコも一緒だ。

絶対にこいつをゲームオーバーにさせるわけにはいかない。

俺たちは係員の指示に従い、会場内の待合スペースに足を踏み入れた。

参加者が一斉に俺たちをギラリと見た。

ニコの気持ちが少しだけ理解できた。

第一印象で人を評価しようとする眼差しが全身に突き刺さる気分だった。

こんな場所、早いところ撤退するに限る。

ブレイブたちからマイティノベルXの参加条件については聞いている。

ニコの分のゲーマドライバーはＣＲから借りた。ゲンムが使っていた物だ。

ニコはキモいから使いたくないとか喚いて全力で拒否しやがった。だから仕方なく俺のやつをニコに渡して俺がゲンムのドライバーを使う羽目になったが。

それぞれドライバーを腰に装着すると、目論見通りゲームのシステム音声がどこからともなく響き渡る。

『マイティノベルX！　イベントスタート！』

周囲がモザイク状に歪んだ。

ミッションが始まった。


はじめに耳に飛び込んできたのは、騒々しい司会進行の叫び声だった。

「さぁついに来たぜ、ファイナルゲーム！　前回の王者M選手に挑戦するのは、彼へのオマージュか、弱冠十二歳の少女、チャレンジャーN選手！」

マイティノベルXの特殊空間《ゲームエリア》は見事にゲーム大会会場に様変わりしていた。

おそらく大会ですでに敗北したらしい参加ゲーマーたちや見物客で賑わう中、ステージ上で決勝戦の対戦格闘ゲーム対決が行われていた。

ゲーム筐体《きょうたい》が左右に一台ずつ。向かい合うように設置されている。

ステージの下手側には高校の制服をラフに着こなしたエグゼイドが筐体に向かってボタンとレバーを操作している。まだ若いゲーマーMの状態とはいえ、ずいぶんイケイケな雰囲気だ。

対するステージの上手側の筐体でゲームをプレイしていたのは――チビな女の子だ。

当時の年齢で十二歳。まだ小学六年生。

「おい。あの右側にいるのが……」

隣にいたニコに声をかけようとするや否や、ニコが俺の両目を手で塞いだ。

「見ないで！」

「おい離せ！」

俺はすぐにニコの手を振り払った。二度目の目潰しは仕掛けてこなかった。

「何、恥ずかしがってんだ」

「……だって。いざリアルで見られると、超気まずいっていうか」

「気にしすぎだ。マイティノベルXの攻略に集中しろ」

珍しくニコは反論しなかった。

大抵、口が達者なこいつに付き合いきれず、俺の方が折れることが多かったが、今回は違った。どうやらこいつなりにエグゼイドを救いたいという気持ちは強いらしい。

「決まったー っ！　グランプリの栄光を手にしたのは世界の王者、M選手だ～っ！」

ステージに目を向けると、決勝戦の対決が終わっていた。

チビニコは見るからに不貞腐《ふてくさ》れた顔でステージから観客たちのフロアに降りてきた。

司会進行の男が戸惑った様子でチビニコを目で追っている。本来ならステージ脇から控え室に帰るはずだったのに、チビニコが大会の段取りを無視したことが原因のようだ。

フロアの観客たちも気遣ったのか、まるでモーゼが海を割るかのように真っ二つにわかれ、その間をチビニコが闊歩してこっちに向かってくる。

大会で負けたことが相当悔しかったのか、それとも恥ずかしかったのか、初々しい白肌が真っ赤に染まっている。

俺の目の前までやってきたところで、チビニコは突然立ち止まって俯いた。

まったく、チビの頃から全く変わってないな。

自己中で負けず嫌いでプライドが高い。今のニコそっくりだ。

俺はチビニコと同じ目線になるようにしゃがみ、声をかけてみた。

「負けたのがそんなに悔しいか？」

「は？　ゲームの腕は負けてないし。ただあたしが使ったキャラがMのキャラと相性悪かっただけ」

口が達者なのはこの頃からか。もはや微笑ましさすら感じる。

ただチビニコはまるで口を動かさず腹話術師のような喋り方だった。しかもなぜか声が大人びている。

「ちょっと。何ニヤニヤしてんのよ」と隣にいたニコが俺の頬を鷲掴《わしづか》みにした。

どうやら喋っていたのは大人のニコの方だったようだ。

「してねえよ」

「してるし！　だいたいこれノベルゲームだから。主人公の永夢以外のキャラに話しかけたって反応するわけないし」

「は？　なんでそんなことがわかんだよ」

「この子の反応見ればわかるでしょ。完全に物語の役になりきってるのが」

確かにチビニコを見ると、俺たちの存在に全く気づいてないようだ。

ニコがチビニコに寄り添って耳打ちした。

「ニコちゃん。こういう男とは口を利いちゃダメ。百害あって一利なし。ニコちゃんが不幸になるだけだから」

「はあ？　ふざけたこと言ってんじゃねえぞ。話しかけたって反応しないんじゃなかったのかよ」

「もし近づいてきたら思いっきり蹴飛ばしていいから」

「最初に俺に近づいてきたのはお前の方だろうが」

「わかった？　ニコちゃん」

チビニコはまるで未来の自分の声が聞こえていたかのように、タイミングよく顔を上げて「マジムカつく」と吐き捨てて会場を去っていった。

おそらく対戦相手のエグゼイドに向けた言葉だったんだろうが、まるで俺が言われたような気分がした。

ゲームのルール上、チビニコと会話できなくて逆にせいせいした。

もしそうじゃなかったら、完全な負け戦になることは目に見えていたからだ。一人だけでも手を焼くってのに、二人のニコを相手に口喧嘩になろうもんなら木っ端微塵になるのは確実に俺の方だ。頑強な戦車を相手に拳銃一丁で戦いを挑むぐらい無謀だ。

せめてニコ一人が相手なら。

長い付き合いの中で俺はニコと接する戦術を会得した。

相手が勝ちに拘《こだわ》る時は勝たせてやっておけばいい。こっちが負けたところで大した被害があるわけでもない。退き際を誤って取り返しのつかない敗戦を喫するぐらいなら、最小限の被害で済むうちに白旗を上げておく。それでニコが満足するなら構わない。

ふとステージに視線を移すと、高校生のエグゼイドがステージのバックヤードに姿を消した。

くだらないことを考えてる場合じゃないな。

今すべきはエグゼイドの物語を進めることだ。

俺たちは大会会場を出て、エグゼイドを待ち伏せることにした。

聖都パブリックホールの入り口で待つこと二十分。

ゲーム大会を観戦していた客たちはみんな帰っていき、ホール内は静かになっていた。

すると楽屋口の扉からエグゼイドが姿を現し、こっちに向かってきた。

だがどうも様子が変だ。

ステージ上にいた時とは打って変わって足取りがふらついている。若干血の気が引いているのか顔色も悪い。

やがて俺のすぐ近くまでやってきた時、エグゼイドが突然倒れかけた。

おもわず近づき、その身体を支えた。

「大丈夫か？」

「ああ。すいません。ちょっと寝不足で」

「……ゲームのしすぎか」

「ちょっと……大会本番に向けて徹夜でゲームの練習したせいかも」

「身体壊してまでやることか」

「当然でしょ。やるからには手抜きたくないし。ガチで優勝狙ってたんで」

まったく。風邪引いたニコと言い、こいつと言い、大馬鹿野郎だな。

別にゲームを否定するつもりも差別するつもりもないが、自分の身体ぐらいちゃんと管理しながら遊べってんだ。

「睡眠不足で身体の免疫力が低下してるぞ。少し休め」

「いや、なんとか家までは。そしたら爆睡するんで」

エグゼイドは俺の肩に手をかけて立ち上がると、残った体力を出し切って自立した。

呆れたやつだ。

俺はかつてエグゼイドに言われた言葉を思い出した。

仮面ライダークロニクル攻略の最終局面。俺が初めてクロノスに変身した時だ。ラスボスの特殊空間《ゲームエリア》に引きずり込まれたニコを救う為に、ゲムデウスクロノス相手に命がけの戦いを挑んだ。俺の患者を救う為ならどんな痛みも苦しみも受けて立つつもりだった。

そんな俺にお前が言ったんだ。

《医者の不養生はよくありませんよ》

ドクターは大勢の命を預かっている。だからこそ俺たちドクターは生き抜かなければならない。

エグゼイドのあの言葉があったからこそ今の俺がある。過去に縛られていた俺にとって未来を生きる道標となる言葉だった。

目の前でくたばりかけている高校生のエグゼイドを見て、俺は心の中で失笑せずにいられなかった。

その言葉そっくりお前にお返ししてやるよ。

パラドが感染しているのが原因とはいえ、こんなチャラついた不摂生極まりない男がまさか将来ドクターになるなんてな。そんな男が俺に未来への道標を与えるなんて皮肉もいいところだ。

エグゼイド、お前に問いたい。

お前は一体いつ、どこで、潔癖なドクターの精神を身につけたというんだ？

どんな逆境に立たされても揺るがぬ信念をどうやって身につけたというんだ？

本当にお前は不思議な野郎だ。


聖都第四地区の住宅街。

ふらついた足取りで家路につくエグゼイドを追って、俺とニコはあいつの自宅までやってきた。

エグゼイドの家は玄関から居間に至るまで見るも無残な有様だった。

玄関に脱ぎ捨てられたスニーカー。下駄箱の上に置き去りにされた郵便物の数々。台所に溜まった洗い物の食器。廊下に部屋干しされた洗濯物。身体にまとわりつく湿気と埃が混じった空気。

偉そうには言えないがこの俺でももう少しまともに掃除ぐらいはする。もちろん患者を治療する病院だからという大前提の理由があるからだが。

意外だったのは二階のエグゼイドの部屋だ。

玄関や居間と違って、エグゼイドの部屋はそれなりに清潔感が保たれていた。

その落差に妙な違和感を覚えた。

ニコも同じことを感じていたのか、ぼそりと呟いた。

「お父さんとうまくいってなかったのかな?」

「……なんでそう思う」

「だって。自分の部屋だけめっちゃ綺麗にして。自分以外の生活空間は無関心。無責任。どうでもいいじゃんって感じだから」

俺も同感だった。

エグゼイドの部屋だけがまるで別次元のような空間。異質な清潔感に満ちていた。まるで砂漠の戦場を彷徨った末にオアシスにでもたどりついたような気分だ。

室内には布団がビシッと丁寧に敷かれたベッド。古びてはいたが文房具や小物の類がビシッと整頓された勉強机。最近ビシッと買い揃えたらしい最新式の二十六インチ液晶テレビや高機能スピーカー。天井まで届く高さの本棚にはゲームショップの品揃えかと思わせるほどのゲームソフトがビシッとジャンルごとに区分けされている。部屋中の何もかもが計算し尽くされたように本来あるべき場所にビシッと収まっている。

テレビ台にある透明ガラスの収納棚には数多くの家庭用ゲーム機が、メジャーなものからマイナーなもの、古いものから最新式のもの、据え置きタイプから携帯型まで並んでいる。

　ぱっと数えるだけでその数は二十以上。これほどの種類のゲーム機が世の中で販売されていたことも驚きだが、これだけの数をビシッと揃えているエグゼイドにも驚かされた。

　やはり天才ゲーマーMの名は伊達《だて》じゃない。

「このゲーム。全部親父に買ってもらったのか」

「ああ、古いのは子供の頃にね。でも半分以上はバイトして買ったかな」

　これだけの物を買い揃えるには相当な稼ぎが必要だ。チャラついたやつだとは思っていたが、己の目的に対しては貪欲なまでに真っ直ぐな精神があるようだ。そこには紛れもないエグゼイドという男の片鱗が見え隠れしていた。

「ねえ。永夢のお父さんってどんな人？」とニコが思いがけないことを口走った。

　本題に入る気か。

「……さぁ？」

「さぁって自分のお父さんでしょ？」

「戸籍上はね。実際はただの同居人だから」

　自分の父親を同居人と吐き捨てる男が目の前にいる。その言葉からは愛情やら感謝やら尊敬の念は感じられなかった。

　高校生ぐらいにもなれば親に対する反抗期に突入していたとしても不思議じゃないが、

エグゼイドの態度はそれとも違う気がした。

その感覚が何なのか、俺はすぐに判別することができずにいた。

「同居人とか冷たくない？　アンタのこと育ててくれた親でしょ？」とニコがストレートに畳み掛ける。

「別に親らしいことしてもらった記憶ないし。仕事で家にほとんどいなくて朝飯も夜飯も自己責任。掃除も洗濯も全部。まぁ家賃とか光熱費払ってくれてるぐらいかな。逆に自分の自由な時間過ごせるからその方が気楽だけど」

そうだ、この感覚だ。

俺がエグゼイドから感じとったのは《諦め》だ。

例えば《不満》や《怒り》は相手に対する期待が裏切られた時に湧き上がる感情だ。

しかしエグゼイドにはそれがない。こいつは親に何も期待していないんだ。

すでに諦めているんだ。

家族にはそれぞれの事情がある。家族の在り方に正解も不正解もない。エグゼイドがどんな家庭環境だろうと、それを第三者があぁだこうだ言うべきもんじゃないし、言うつもりもない。

俺は清潔感に満ちた室内を今一度見回してみた。

そう考えると、この部屋の空気が全く別の異質な何かを含んで空間全体を支配しているように感じられた。

この部屋は紛れもなくエグゼイドという男の居城であり、家族という最も小さく限定された社会から隔絶された砦なのだ。

その時、テレビ台の中にあった見覚えのある何かに目を奪われた。

ゲーム機を置く土台として使われていた医学部受験に関する分厚い参考書だ。

俺も大学受験の時に世話になったからよく覚えている。

どうやらゲーマーを気取ってはいるが、ドクターを目指す気持ちまでは消え失せてないらしい。

エグゼイドはクローゼットに入っていたジャージとTシャツに着替え、ベッドに身を投げ出した。爆睡の準備は整ったようだ。

「こんな生活のままでいいと思ってんのか」

エグゼイドは聞こえないふりをしているのか、俺たちに背を向けて横になっている。

「本当は勉強しなきゃって思ってんじゃねえのか。ドクターになる為に」

エグゼイドの返事はない。

「お前が親をどう思おうが勝手だが、お前の人生はお前が決めることだ。泣いても笑っても誰も助けちゃくれないぞ」

「……やっぱ無理だって」とエグゼイドが背を向けたまま呟いた。

「これでも結構ガッツリ勉強したし。学年でも上から数えた方が早いくらいの学力にはなれたけどさ。トップになれないんだよ。ゲームなら楽勝なのに。だから向いてないんだろうなって」

「そう思い込んでるうちは無理だろうな」

「ちょっと大我」とニコが俺を遮った。

「俺なんてドクターってキャラじゃないでしょ。まあゲーマーでも年収一億とか稼げたりするし、そっちのが脈あるかなって」

「お前の夢の基準は金なのか？」

「……疲れたから寝るわ」

結局、俺の質問には答えず、エグゼイドは静かに眠りに落ちた。

「え。待って待って。ノベルゲームで主人公が寝るとかありえないんだけど！」

「所詮、これもゲンムが仕組んだシナリオの一部にすぎない。この物語には続きがある」

「続きって何？」

「まあ黙って見てろ。エグゼイドの運命を変える出来事が起こるはずだ」

俺の予想通り、部屋の外から玄関を開けて家に入ってくる何者かの気配を感じた。

俺とニコは目で合図し合い、クローゼットの中に隠れて息を潜めた。クローゼットの戸には換気用の隙間があり、室内の光景を覗き見ることができる。

何者かが階段を上がる足音が聞こえる。

しかもその足音は一対ではなかった。

何か明確な目的を持っているかのように二対の足音が真っ直ぐに二階へと上がってくる。

この家はエグゼイドと父親の二人暮らしのはず。鍵がかかっていた玄関のドアを開け、二人の人物が侵入してくるなんて本来ならありえない。

足音はこの部屋に近づき、ドアを隔てた向こう側で止まった。

コン。コン。

ドアをノックする音が不気味に響き渡る。

ベッドで眠っていたエグゼイドは気づいていない。

何者かはエグゼイドの反応がないことを確認したのか、静かにドアノブを捻った。

ドアを開けて入ってきたのは、見知らぬ一人の中年の男。

淡いグレーの背広姿に臙脂色のネクタイ。百八十センチほどのすらっとした長身。目鼻立ちが整った二枚目俳優みたいな端正な顔立ち。実年齢よりも若く見えるその顔は、エグゼイドの父親だと確信するのに充分なほどエグゼイドによく似ていた。

ニコもそのことを察していたようだ。その証拠に、俺の耳に唇をつけて小さな声で呟いた。

「……老け顔アプリで永夢を年取らせたらあんな顔になりそう」

「……かもな」と蚊にも聞こえないような小さな声で答えた。

「でも妙だ。仕事中のはずの父親がなんでここに」

エグゼイドの父親が開いたドアの外へ振り返った。

「……お願いします」

その声に反応し、もう一人の人物が室内に足を踏み入れた。

その姿を目の当たりにし、俺たちは絶句した。

長身の体型にぴったり合ったダークスーツに身を包んだ男――ゲンムだ。

「……え、待って。なんで永夢の父親が檀黎斗を連れてきたわけ？」

「……おそらくその答えはすぐにわかる」

ゲンムは勉強机の上でアルミのアタッシュケースを開いた。

中から未使用のゴム手袋を取り出して両手に装着すると、麻酔用注射器に透明の液体を注入し始めた。

準備が整うとベッドに近づき、エグゼイドの左腕に静脈注射した。

俺が居ても立ってもいられずクローゼットから飛び出そうとすると、ニコが俺の足を思いっきり踏んづけた。

おもわず出そうになった声をギリギリ飲み込み、ニコを見た。

「……これも檀黎斗が仕組んだノベルゲームの物語の一部でしょ？」

そうだった。俺としたことが。

一度深呼吸し、再び室内に視線を移した。

ゲンムはエグゼイドの麻酔を終えたのか道具を全てアタッシュケースにしまい始めた。

「後のことは私に任せてください」

ゲンムはエグゼイドの父親にそう告げると、ベッドに横たわるエグゼイドを抱えて部屋から運び出した。

この後、ゲンムがエグゼイドを連れていく先は一つ。パラドの分離手術が行われたネクストゲノム研究所に違いない。

部屋にはエグゼイドの父親がただ一人残ったまま佇んでいる。

「……永夢。悪く思うな」

その言葉が何を意味するというのか。

一体、何に向かって謝罪しているのか。

そもそも謝罪を意味する言葉なのか。

この時の俺たちにはまるで見当がつかなかった。

聖都第九地区。工業地帯の外れに異彩を放って佇むネクストゲノム研究所。

所長は遺伝子医療の権威、財前美智彦。

研究所の主な活動は、医学・生物学の発展に貢献することを目的とした最先端遺伝子医療技術の研究と開発。というのが表向きの名目だが、実際には活動内容についてほとんど公にされない為、研究所の実態は誰にもわからない。

後に判明したことだが、クローンだか突然変異生物だか知らねえが要は遺伝子研究に取り憑かれたやつらが狂った研究をやっていた曰く付きの場所だ。

研究所の最深部には、何の研究に使っていたのか御大層な設備の手術室があった。

手術台には、全身麻酔で眠らされたエグゼイドが横たわっている。

さらに室内にはゲンムと手術着姿の四人の人影が見える。

「期待していますよ財前先生。今こそゲノム研究に革命を起こす時です」

手術着姿の一人が頷くのが見えた。

おそらくあの男が執刀医、財前美智彦。

だとすれば残りの三人はやつの部下であり研究所に勤める研究員。

来瀬《くるせ》荘司《そうじ》。武田《たけだ》上葉《あげは》。竜崎《りゅうざき》一成《かずしげ》。

やつらの手によってエグゼイドの身体に長年感染し続けていたパラドがいよいよ分離するってわけだ。

その一部始終をこの目で見ても、やつらがどんな手段で分離手術を成功させたのか俺には理解できなかった。ただ高度な遺伝子医療の技術を応用していたんだろう。

やがて分離手術が佳境に差し掛かり、エグゼイドの身体から大量のバグスターウイルスが飛び出して、手術室内にばら撒《ま》かれた。

財前たちは全く予期していなかった事態に慌て、バグスターウイルスに感染。それほど時間がかかることもなく四人の狂った研究者たちは消滅した。

その後、室内に漂っていたバグスターウイルスがヒト型に形成され、パラドの姿に変わった。

全てが終わったことを察したのか、手術室にゲンムが入ってくる。

パラドが警戒し、ゲンムを睨みつけた。

「誰だ。お前」

「君の誕生を心待ちにしていた者だ」

「……なんで俺はここに」

「詳しい話は後でゆっくりと。まずは君の分離手術に貢献した者たちの死を悼もう。自分たちが感染し、消滅することになるとも知らずに、私の為によく働いてくれた」

ゲンムは瞑想したが、そこに追悼の意志なんて微塵も感じなかった。

財前たちが感染によって消滅することもあいつのシナリオの内だったんだ。

あいつが手に入れたかったのはパラドだけ。用が済めば分離手術に関わった連中は口封じあるのみ。

後はエグゼイドを自宅の部屋に元通り連れて帰れば、全ての計画は完了って寸法だ。

「何なのあいつ。昔からこんなやばいやつだったわけ？」とニコが怒りを露《あらわ》にした。

「ああ。パラドのウイルスを手に入れたことで、あいつの全ての計画が始まった。バグスターウイルスを進化させる為にゼロデイを引き起こして……大勢の人間を消滅させたんだ」

「マジで最悪」

「ゲンムには命の倫理観なんてものは通用しない。自分が思い描いたゲームを作り出す為ならどんな犠牲も裏切りも厭わない。そういう男だ」

「……あいつのせいで、大我は医師免許を剝奪されたんでしょ」

「……それとこれとは話が別だ」

確かに全ての元凶はゲンムだ。大勢の患者を犠牲にした罪は深い。

だが俺個人の問題は俺が決断したことだ。誰かのせいにするつもりはない。

ゼロデイの頃、ゲーム病患者を治療できるドクターは俺しかいないと思い込んでいた。プロトガシャットの副作用で自分の身体がどれだけ壊れようとも変身し続けた。そして衛生省の指示を無視して暴走した挙げ句、ブレイブの恋人のオペに失敗した。

全て自分が招いたことだ。そのことに後悔はない。

後悔があるとすればあの時、ブレイブの恋人を救ってやれなかったこと。俺の力が及ばなかったこと。俺が不甲斐なかったこと。それだけだ。

もし救えていれば、バグスターウイルスとの戦いにブレイブを巻き込まずに済んだ。

いやブレイブだけじゃない。俺がＣＲに居続けてさえいれば、エグゼイドを巻き込むことだってなかったんだ。

俺とゲンム。二人だけで決着がついてさえいれば……。

「大我。また悪い癖が出てる」

「……何のことだ」

「とぼけないで。完全に顔に書いてあるから。全部俺のせいだって」

「……誰が」

「あのねえ。何年付き合ってると思ってんの？　アンタが考えてることなんて透け透けだっつーの」

返す言葉がなかった。

悪い癖……か。腹が立つがこいつの言う通りだな。

過去を振り返るたび、俺は戦場の砂漠の真っ只中に迷い込む。

照りつける太陽。雲一つない空。見渡す限りの砂。

ある時は北の方角に一輪の花を求め、ある時は南に求めて彷徨う。

砂漠を緑に変える希望の芽を探し続ける。だが一度も花を見つけたことなんてない。

初めからわかりきっていたことだ。その砂漠のどこにも花が存在しないってことを。

一度剝奪された医師免許が二度と取り戻せないように、砂漠は大地を永遠に乾かせ、俺自身を渇かせ続ける。

結局のところ、答えは一つしかないんだ。

砂漠を緑に変えようなんて考えないことだ。その砂漠を受け入れ、生涯心に宿したまま生き続けていく。それしかないんだ。

「はいはい。ポエミーな時間は終了」とニコが突然口走った。

「なんだ、ポエミーって」

「知ってんだからね。一度も口には出さないけど、アンタが黙ってる時、心の中で詩人になってんの」

……こいつ、人の心が読める超能力でも持ってんのか？

「お前……なんでそれをっ……！」

「だって孤独な人間にありがちじゃん？」

「ふざけんな！　そんなんじゃねえよ」

「だったら話してよ」

「は？」

「思ったことなんでも。ここに話し相手がいんだからさ」

この時の俺は気づいていなかった。

あるはずのない花が砂漠の中で芽吹き始めていたことを。


「宝生永夢。君をモルモットに選んで正解だった」

エグゼイドの部屋。元通りベッドに運ばれて横になっていたエグゼイドを睥睨《へいげい》し、ゲンムがそう告げた。

ゲンムがネクストゲノム研究所からエグゼイドを連れて帰っていたのだ。

「いずれまた会おう」

ゲンムは胸糞《むなくそ》悪い笑みを浮かべ、部屋を去っていこうとする。

ニコが突然ゲンムに近づいてあっかんべーをし始めた。

「バーカ！　変態！　何が神だよ！　キモ！　ねえねえ檀キモ斗に改名しなって！　絶対似合ってるって～っ！」

ゲンムはニコの言葉に全く反応していない。エグゼイド以外の登場人物には干渉できないルールになっていたからだ。

それをいいことにゲンムが部屋を去っていなくなるギリギリまでニコがありったけの暴言で詰《なじ》っていた。

あいつもゲンムが作った仮面ライダークロニクルのせいで散々な目に遭わされ続けてきた。この程度のストレス発散は目を瞑ってやるか。

それよりも。肝心なことを忘れるわけにはいかない。

ゲンムのここまでの悪事はすでにわかっていたことだが、問題なのはエグゼイドの父親まで関わっていたことだ。

どんな作意と悪意があったのかは知らないが、自分の息子が麻酔で眠らされて家から運び出されるのを黙認するなんてあきらかに異常だ。

このマイティノベルXにはまだ俺たちが知らない真実が眠っている可能性がある。

警戒しておく必要があるな。

その時、エグゼイドが寝返りを打ち始めた。まるでゲンムが計算し尽くしていたかのように、エグゼイドが麻酔から目覚めたのだ。

エグゼイドは大きく欠伸《あくび》し、伸びをした。

「……あれ。まだいたんですか。すいません。僕、どのくらい寝ちゃってました？」

「僕？　ねえ大我、今、僕って言った！」

「……パラドが分離したせいで、本来のエグゼイド自身を取り戻したんだ」

俺はすぐにテレビ台の透明ガラスの収納棚を漁った。ゲーム機の土台になっていた医学部受験の参考書を引っ張り出し、エグゼイドに突きつけた。

「えっ、ちょっと、あの？」

「目が醒《さ》めたか」

エグゼイドは参考書を一瞥《いちべつ》すると、顔を曇らせた。

「……これはもう必要ありませんから」

ベッドを下りると、室内のゴミ箱に参考書を投げ捨てた。

何の躊躇もなく。簡単に。

俺はゴミ箱から参考書を拾い上げ、もう一度エグゼイドの胸元に突きつけた。

「捨てていいのか」

「……もう高校三年ですし、今さら遅いですよ」

「医学部なんて受かるわけないって思ってんのか？　やる前から諦めんのか？」

「それだけじゃありません……僕なんか……徹夜して自分の体調管理もできないような人間が……他人の命を預かるドクターになんてなれるわけがありません……そんな資格ありませんよ」

それはお前だけのせいじゃない。お前の身体の中にパラドがいたからだ。そのせいでゲーマーとしての腕が成長して、もう一人のお前が育った。天才ゲーマーMが育っちまっただけのことだ。今はどんなに荒《すさ》んでいようがお前はドクターになる男なんだ。

そんな言葉が喉まで出かかった。

ふとエグゼイドを見ると、やけに淀んだ眼差しで虚空を見つめていた。

「……命の大切さもわからなかった人間ですから」

突然のエグゼイドの物言いに俺の背筋が凍りついた。

命の大切さがわからなかった？　あのエグゼイドが？

目の前にいる男の言葉の意味が理解できなかった。

こいつは子供の頃に交通事故に遭った。その身を以て死の恐怖を知った。命の大切さを誰よりも理解していたはずだ。

しかしエグゼイドの眼差しの奥に、強烈な異質さを感じた気がした。

不満でも怒りでもない。諦めでもない。全く別の正体不明の異物。

俺の心の中に砂漠が宿っているように、こいつの心の中にも得体の知れない『何か』が宿っている。そう直感した。

「僕なんかが医者になれるわけない。そう思いませんか？」

その言葉を最後に、エグゼイドは砂漠の中にぽつんと生えたサボテンのように固まって動かなくなった。

俺たちの目の前にホログラムモニタが映し出され、三つの選択肢が表示された。

《ドクターにはなれない》《ドクターになれる》《その他》

「大我……これ、ノベルゲームの分岐点だよ。ここで選択肢を間違えたらゲームオーバー。だから慎重に」

が、俺の頭はすでに沸点に達していた。

せっかくのニコの忠告も全く耳に入らず、気がつくとエグゼイドの胸ぐらを摑んでいた。

「もういっぺん言ってみろ！」

「ちょっと大我やめて！　変なことしてゲームオーバーになっちゃったらどうすんの！」

俺は知っている。

人の笑顔を取り戻したいと言い続けてきた研修医を。

子供の命と笑顔を守るのが大人の義務だと心に誓う小児科医を。

誰よりも純粋で真っ直ぐなドクターを。

《ドクターにはなれない》《ドクターになれる》《その他》

俺が言うべき答えは一つだけだ。

「お前はドクターになれる！　ドクターになる男なんだよ！」

こいつがドクターになったからこそ救われた人間がいる。

取り戻せた笑顔がある。

ドクターは生き抜く責任がある、そう俺に言ったのはお前だろ。

お前がいたから今の俺があるんだ。

お前がならないで誰がドクターになるっつうんだ。

「いいかよく聞け。お前はドクターになる運命にあるんだよ。だから四の五の言わずにやるべきことをやれ！　死ぬ気で頑張れ！　もう一度言うぞ！　頑張れ！」

この時、俺は忘れていた。

心理カウンセリングにおいて心に病を抱える患者に対し、《頑張れ》という言葉が逆効果になる場合があるってことを。

俺は冷静さを失っていた。

エグゼイドの心療のことも、マイティノベルXの攻略のことも、完全に頭から抜け落ちていた。

ただ感情の赴くままエグゼイドに対して叫び続けた。

そうせずにはいられなかった。
俺にそうさせたのはエグゼイド、お前自身だ。
俺が我に返ったのは、ゲームの結末を告げるあの音声が聞こえた時だった。
意外な結末に俺は言葉を失った。

永夢。お前がついた嘘の正体はなんだ。

自分は監察医という職業柄、ついつい人間の裏を読んじまう癖がある。監察医が扱うのは死因があきらかになっていない遺体ばかり。それを行政解剖して死因を特定するのが仕事だ。

もちろん遺体は言葉を喋ってくれたりはしない。「実は毒を飲んで死んだんです」なんて遺体が白状してくれたら楽なもんだけどそうはいかない。亡くなった人の霊魂が遺体から抜け出して話を訊く、なんて映画やドラマみたいな奇跡も起きない。遺体の隅々まで調べ上げて、時には遺伝子レベルまで解析して死因の謎を解明する。つまり遺体に隠された嘘を見抜くってわけだ。

で。生きている人間の場合は多少趣が変わる。

目の動き。声色。人それぞれの手癖足癖。会話の内容。あらゆる手がかりを総合して本音か嘘かを見極める。

まぁ、よっぽど用意周到な嘘でもない限り、大抵の人間の嘘はすぐ顔に出るもんだ。

永夢が家族の話題を振られた時もそうだった。

『普通の会社員でしたよ。父も母も』

でしたよ。過去形。

母親についてはすでに理由が判明した。あいつが物心つく前に亡くなっていたから過去形。

でもあいつは、まだ生きてるはずの父親まで過去形にした。嘘の兆候だ。

ああ、一応言っとくけど、暴く必要のない嘘まで無理に追及したりはしない。これは自分のポリシーでもある。

誰にも迷惑をかけていないプライバシーに関わる嘘とか、誰かを想う優しい嘘とか、そういうのはそっとしておくべきだ。

でも永夢の場合、放っておくわけにはいかない。

あいつのプライベートをむりやり探り出すのは気の毒に思うけど、今はマイティノベルXを攻略する為にも手段を選んでられない。

まあ。そんなわけで自分が足を運んだのは聖都第一地区のオフィス街だ。

都心部の大企業が集中するビル群の中、一際でかいビルが君臨している。

国内最大手の医療機器メーカー『メディクトリック』。

そ。永夢の親父さんが勤めている会社だ。

まず間違いなく全国にある病院のほとんどがメディクトリック製の医療機器の世話になっている。医療界に多大な影響を与えている会社だ。

医療関係の専門誌を漁ってみたら永夢の親父さんの特集記事を発見した。宝生清長さんはここ十年ぐらいでかなりの出世街道を進んできたらしい。開発部所属の開発者から主任。開発部部長。からの常務取締役。なかなか優秀な人材みたいだ。

とりあえず接触を図る為に、メディクトリックのビルのエントランスで張り込んだ。

適当な嘘をついてアポを取る手もあったけど無駄に警戒されても困るし、ここはジッと我慢の子だ。

日が暮れかけた頃、エントランスから永夢の親父さんが出てきた。

淡いグレーの背広に臙脂色のネクタイ。ピッカピカの黒い革靴と黒い革鞄。端正な顔立ちに白髪混じりの顎髭《あごひげ》がよく似合う。第一印象は『洒落《しゃれ》たデキる男』って感じだ。

すぐに駆け寄って永夢の親父さんの行く手を遮った。

「宝生清長さんですよね？」

「なんだ君は」

真っ直ぐな眼差しで自分を見下ろしている。CRの連中もそうだけど自分が関わる人間はどいつもこいつも背が高くて微妙に腹が立つ——って今する話じゃないか。

永夢の親父さんは重心が低い落ち着いた佇まいだけど、それなりに警戒した様子だ。突然知らない人間に名前を呼ばれたんだから当然っちゃ当然か。

「自分、九条貴利矢って言います。聖都大学附属病院のＣＲに勤めるドクターです」

まずは一発かましてみた。永夢と同じ職場と聞いてどんな反応を見せるか。

「どんなご用件で」

意外にも動揺の色は一切見せなかった。自分とは全く無関係だと言い切っているような口ぶりだ。

「実は今、ある患者の心療の一環でちょっとお話を伺いたいと思ってまして」

「なぜ私に？」

「その患者はあなたの息子さん。永夢なんです」

永夢の親父さんはチラッと腕時計を見た。どうやらこの後の予定までの残り時間を確認しているみたいだ。

ぶっちゃけあんまり感じの良い態度とは思えなかった。息子のことよりも時間を気にするってわけね。

「あいつとはもう長いこと会っていません。私がお話しできることはありませんよ」

「会ってない？」

「本人から聞いていませんか。あいつは高校卒業と同時に家を出て一人暮らしを始めたので」

他人の事情でも説明するような客観的な口調だった。

こいつはいよいよ感じが悪い。

「息子の体調を心配しないんですか？」

「縁を切ったというのは少々大げさですが、息子とルールを決めたんです。お互いのことには干渉しないと」

「血の繋がった親子なのに？」

「それは息子が望んだことでもありますから」

へえ、そう。つまりアンタも望んだってことだよな？

「二人の間に何があったのか知りませんけど、あいつは……永夢は頑張ってますよ」

「もちろん知っていますよ。仮面ライダーでしたっけ？　CRのゲーム病医療に従事して大勢の患者の命を預かる身であることは。私も医療機器メーカーに勤める身ですから色々と活躍は耳に入ってきますし、あの子が記者会見した時も見ていました。ずいぶん立派になったものだと感心していますよ」

「永夢は本当に苦労してたんです。今だって」

自分がそう言いかけた時、親父さんがぴしゃりと遮った。

「すみませんが次の予定があるので」

そう言うと親父さんは自分の横を素通りして足早に去っていこうとした。

「待ってください。じゃあ一つだけでいいんで答えてください」

親父さんは足を止め、半身だけこっちに振り返った。

「なんでしょう」

「……最後に永夢に会ったのはいつですか」

「それが息子の心療と何か関係が？」

「ええ。大切なことです」

答えるまで少しの間があった。質問に答えるかどうかを考えている間なのか、それとも記憶を探っている間なのか、判別できなかった。

短い沈黙の後、返答を諦めかけた時に、親父さんは口を開いた。

「以前、私が肺炎にかかって、聖都大学附属病院に入院したことがありました。ちょうど息子が聖都大の医学部に通い始めた頃で。その時に一度だけ息子が見舞いに来たことが。それが最後です」

それだけ言うと、親父さんは薄暗くなり始めた町並みへと消えた。

一か八か。賭けるしかない。

自分はすぐに聖都大学附属病院の場所を心の中で念じた。

病院までワ〜〜〜プ！

ところがなぜか自分の身体は微動だにしない。

あれ、あ、そっか。自分もうバグスターじゃなかったんだ。

バグスターなら多少離れた場所ぐらい瞬間移動できたのになぁ。

あ〜あ、こういう時、生身の身体って不便だな。

仕方なく二度三度屈伸し、駅に向かって走り始めた。


聖都大学附属病院につく頃には、暗くなった空に丸い月が浮かんでいた。

病院長の協力を得て当時の永夢の親父さんのカルテと入院治療の記録を調べた。

親父さんの言葉通り、確かに肺炎で一週間ほどこの病院にいたようだ。

呼吸器内科の一般病棟。二〇一号室。

そこが永夢と親父さんが最後に会った場所。

ぶっちゃけ確証があるわけじゃなかったが、血の繋がった親子が最後に対面したその場所で、永夢の運命を変える出来事が起きた可能性は少なくないはず。

お互いに干渉しないとルールを決めておきながら、永夢はどんな想いで親父さんの見舞いに行ったのか。

そこにどんな物語が眠っているのか。

ナースステーションを通り過ぎ、一般病棟の最奥にある目的の病室にたどりついた。

その病室はベッドが一台しかない個室タイプ。入院費が割り増しになる代わりに患者のプライバシーが守られ、最も自宅に近い生活空間が確保された部屋だ。

病室内に失礼すると、干からびたメンマみたいなお爺ちゃんが若い看護師のお姉ちゃんを口説いている場面に遭遇した。周囲の目がない個室のおかげでメンマジジイが調子づいている。「いくらお小遣い欲しい？」「マンション買ってあげようか」なんてほざいているあたり金だけは持っているらしい。

それなりにいじり甲斐はありそうだったが、とりあえず今はスルーだ。

腰にゲーマドライバーを装着し、ゲーム参加の条件を整えた。

『マイティノベルX！　イベントスタート！』

自分の推理は的中し、ゲームのシステム音声が響き渡った。

メンマジジイと看護師のお姉ちゃんが突然の音声に驚いていた。室内をきょろきょろ見回して自分の侵入に気づいたようだ。

「お取り込み中、失礼」

病室全体の光景がモザイク状に歪んだ。

メンマジジイと若い看護師もモザイク状に歪んだ。

まるで見ちゃいけないシーンのように卑猥さが増した。

……いや、卑猥とか今どうでもいいか。集中集中。

本チャンのレースはここからだ。

マイティノベルXの特殊空間《ゲームエリア》。二〇一号室。

レースのスタートラインに立った自分の目にまず飛び込んできたのは、ベッドで上体を起こし、ベッドテーブルの上でノート型端末を操作している永夢の親父さん、宝生清長の姿だ。

水色の入院着を身に纏い、腕には点滴が繋がれている。

肺炎の症状が回復に向かいつつあるのか、遅れた仕事を取り返しているようだ。

「どうも。病院の中じゃ安静にしてるのも仕事の一つですよ」と声をかけてみた。

ところが永夢の親父さんに完全にシカトされた。

自分の言葉が確かに聞こえていたはずだが、反応がまるでないところを見ると、どうやらゲーム内の登場人物に徹していて自分の声は届かないみたいだ。

その時、病室のドアを開ける音がした。

振り向くと、私服姿の永夢が立っていた。

黄色い柄物のTシャツに赤のパンツ。ゲーマー時代の名残か相変わらず派手な色使いだな。医学生とは思えない。

永夢の視線は真っ直ぐ親父さんに向けられていたが、仕事に集中していて親父さんは気づいていない。

その間、およそ十秒ほど。

永夢の表情からは躊躇《ためら》いの気持ちが読み取れた。

「入ったら？」と声をかけてみた。

「……でも、元気そうなので」

永夢とは会話が成立した。主人公の永夢とだけはコミュニケーションが取れるゲームルールらしい。

だったら話は早い。物語を進める為にうまいこと永夢をノせるだけだ。

「会ってやれよ。父親だろ」

「……別にあの人は父親なんかじゃ」

「ここまで来といて何言ってんだ。ほら」

自分は永夢の背後に回り込むと、背中を強く押した。

さすがに永夢の気配に気づいたのか親父さんの視線が永夢に移った。

短い沈黙が流れた。

正直自分だったら耐えられない間だ。

先に沈黙を破ったのは永夢の方だった。

「……肺炎って聞いて」

「……掛かる病院を間違えた。入院なんてここのドクターは大げさだ」

その物言いに腹でも立てたのか、永夢の語気が少しだけ強くなった。

「……それだけ優秀なんだよ。ここのドクターは」

「……なんだ。もう身内気分か」

「…………」

「……未だに信じられない。ゲームばかりしていたお前が医学部に合格するなんてな」

「……少しは自分の歳も考えたら？　身体壊したら仕事どころじゃないでしょ」

「……心配は無用だ」

「…………」

「……言うまでもないことだが、もう見舞いには来なくていい」

親子の会話とは思えなかった。

親父さんも、永夢も、言葉の一つ一つに血が通っていない。

二人の間には何か致命的な隔たりがあるように感じられた。

その隔たりの正体は一体なんだっていうんだ。

「……僕はあなたとは違う。だから見舞いに来ただけだ」

そう告げた永夢の表情からはある種の反発心が読み取れた。

その言葉に含まれた本質について永夢がそれ以上言及することはなかったけど、親父さんは理解しているようだった。

「あの時、あなたは一度も見舞いに来なかった。別に一人で寂しかったとかベタなこと言うつもりもないし思ってもない。仕事で忙しいのは知ってたし、むしろ来てくれない方が気が楽だった」

《あの時》という言葉が《幼い頃に永夢が交通事故で入院した時》という意味であることはすぐに察しがついた。

「その割にはずいぶん根に持っているようだが」

「勘違いしないで。ただ同類にはなりたくないだけだから。同じ血が流れてるって思われたくないし、思いたくもない」

「つまらない勝ち負けに拘るんだな」

「へえ意外。負けたって自覚してるんだ」

二人の口調が少しずつ毒を帯びていくようだった。

いくらゲームの中の世界とはいえ、これ以上は聞いてられない。

永夢、そんぐらいにしとけ。

そう声をかけようとしたその時、親父さんが思いがけない言葉を口にした。

「人生に敗北したお前が何を言う」

その言葉には異様なまでの重みが感じられた。

ここまでのディスり合いとは何か違う。

永夢もあきらかに動揺して完全に返す言葉を失くしている。

その一言によって二人の形勢が一気に逆転したようだった。

「なぜお前は生きてる？　なぜあの時、死なななかったんだ！」と親父さんが畳み掛けた。

頭が真っ白になった。気がつくと自分は反射的に叫んでいた。

「ふざけんなよ！」

そんなこと言ったたって意味がないってわかっていた。永夢以外の登場人物には干渉できないゲームルールだから。

けど。叫ばずにはいられなかった。

いろんな親子があって。いろんな事情があって。他人がとやかく言うべきじゃないことがあって。

それでも。黙っていられなかった。

「それでもアンタ、父親かよ！」

反射的に身体が動いた。ベッドの上の男に摑みかかろうとした。一発ぶん殴らないと気が済まなかった。

でも永夢が止めた。力ずくじゃない。ただその目で自分を制した。

その目にはなぜか父親に対する怒りも失望も感じられなかった。

その目に潜む永夢の真意を見抜くことができなかった。

永夢はベッドの上の男を一瞥すると、穏やかな口調で告げた。

「僕がこうして生きているのは……ヒーローが救ってくれたからだ」

「ヒーロー……？」とベッドの上の男がわずかに困惑した。

「僕たちの世界の中で、僕たちの命を守り続けてくれるヒーロー。ドクターが」

突然ベッドの男が身体を震わせ始めた。永夢の言葉に動揺している。

「何がドクターだ……そんなヒーローにお前も仲間入りしたつもりか！　お前に人の命を救う資格が本当にあるのか！　あの雨の日に！　私を裏切ったお前に！」

自分の心臓がドクッと音を立てて怯んだ。

ベッドの男の怒号がこの空間に充満し、身体中が総毛立った。

……自分は今、マイティノベルXの物語の核心に近づこうとしている。

……その先に踏み込んだら二度と後戻りできない深淵が迫っている。

……即座にこの場所から抜け出すべきか。

……そんな考えが脳裏をよぎった。

……生まれて初めて嘘の正体を知るのが怖いと思った。

……永夢の嘘の正体を知るのが怖いと思った。

気がつくと、腰に付けたゲーマドライバーのベルトに右手をかけていた。ロックを外せばゲームの参加資格を失い、この空間から逃げ出せる。

しかし決断するまでもなかった。

突然、背後から何者かに突き飛ばされて、自分は病室の窓際に吹っ飛んだ。

病室の壁に激突し、全身に鈍痛が響く。

見上げると、室内には医学生時代の永夢じゃない《もう一人の永夢》が立っていた。

白衣を身に纏い、腰にゲーマドライバーを装着した永夢。マイティノベルXでゲームオーバーになって洗脳された永夢だ。

「永夢。少しは手加減してくれよ。せっかく生身になれた身体、大事にしたいからさ」

永夢は聞く耳を持たなかった。

自分に近づいて胸ぐらを掴み上げると病室の窓に叩きつけた。

自分は割れた窓ガラスの破片と共に二階の高さから落下した。ダメージを最小限にする為、身を屈めて捻り、左肩から地面に激突した。

「いってぇ……」

すぐに割れた病室の窓から永夢が飛び降り、自分の目の前に着地した。地面に散らばる窓ガラスの破片をガリッと踏み潰し、一歩ずつ近づいてくる。

自分も痛む身体に耐え、立ち上がった。

「永夢、お前は何したんだ？　父親を裏切ったってどういうことだ？」

「……これ以上、マイティノベルXは攻略させない」

なるほど。物語の核心には近づけさせない番人ってわけか。

永夢はマキシマムマイティXガシャットとハイパームテキガシャットを取り出し、同時に起動した。

『マキシマムマイティX！　ハイパームテキ！』

っておいおいマジかよ、完全に本気モードじゃねえか！

「ハイパー大変身！」

『パッカ〜ン、ム〜テ〜キ！　輝け〜流星の如く〜っ！　黄金の最強ゲーマー！　ハイパームテキエグゼイド〜っ！』

眩いばかりの輝きを放ち、仮面ライダーエグゼイド　ムテキゲーマーが降臨した。

……って余裕ぶっこいてる場合じゃねえな。今のあいつは説得が通じない状態だってのはわかってる。まずは自分の身を守るのが先決だ。

自分も爆走バイクガシャットを取り出し起動した。

『爆走バイク！』

「ゼロ速、変身！」

ガシャットをゲーマドライバーに装填すると、周囲をキャラセレクト画面が回り出す。

レーザーの画面に狙いを定めて――渾身の回し蹴り！

仮面ライダーレーザーターボ　バイクゲーマー　レベル0《ゼロ》に変身した。

「ノリ気じゃないけど行っちゃうぜ」

ムテキが目にも止まらぬ速さで猛攻撃を仕掛けてきた。これは比喩でもなんでもない。文字通り目に止まらない。ほとんど光の速さだ。輝け流星の如くって謳《うた》い文句は伊達じゃないな。

なんとか攻撃に耐えつつ死中に活を求めるしかないが――防御しようにも勘頼みだ。ムテキの光速十連撃に対してこっちが防御できたのはたったの一発。当然長続きするわけもなく自分はあっという間に吹き飛ばされた。

ダメ元でガシャコンスパローを取り出し、弓モードで無数の矢を放った。

牽制にもならなかった。ムテキは無数の矢をノーガードで全身に受けたにも拘らず、わずかにノックバックした程度だ。

味方にいるうちは心強いけど、敵に回した時にこんだけ恐ろしいやつは他にいない。なんつったってあいつは文字通り無敵。こっちの攻撃が一切通用しないんだからな。チートにも程があるぜ。

ムテキが頭から生えたハイパーライドヘアーをこっちに伸ばしてきた。

とっさに回避しようとしたが、右足を搦《から》め取られ空中に持ち上げられ、ぐるんぐるん振り回された。

ちょちょちょ待て待て待て目が回るって〜っ！

思いっきり投げ飛ばされ、病院の白い壁に全身を強打した。

ライダーゲージを見ると残り一目盛まで減っている。

やばいな。光速のムテキから逃げられるとも思えない。あと一撃食らったらゲームオーバーになっちまう。

ったくやりたい放題かよ。悪ノリが過ぎるぜ、永夢。

せっかく生身の身体に戻ったってのにこのままじゃまた消滅だ。

ムテキがハイパームテキガシャットのスイッチを押した。

『キメワザ！』

ムテキの虹色の瞳がジッと自分を見据えている。

永夢。その仮面の奥でお前がどんな顔をしているのか想像がつくぞ。

「……相変わらず手加減ってもんを知らないな永夢……あの時もそうだった」

バグスターとして復活を果たした自分は永夢とガチで殴り合った。

忘れもしないあの日。あの海岸で。

生半可な芝居じゃ檀正宗をノせられない。心を鬼にして永夢をとことん追い込んだ。最後に永夢の耳元で囁いた言葉。《自分の嘘にノれ》

狙いに気づいてくれたお前は……自分を全力でぶん殴った。

ぶっちゃけあれは自分でも想定外だった。そこまでやるかお前って思った。いや人のこと言えないんだけどな。

思えば初めて出会った時から永夢はそういうやつだった。

一度信じた道を真っ直ぐに全力で突き進む。良い意味でも悪い意味でも遊びがない。余白ってもんがない。

けどその真っ直ぐな純粋さに自分は惹かれた。バイク形態のレーザー レベル2《ツー》に乗せる相棒として相応《ふさわ》しいのは永夢しかいないって思ったんだ。

……そんなお前に。

……よりによって永夢の手によって今、自分がとどめを刺されようとしている。

……こんな未来、誰が想像した？

……こんな浮かばれない最期があるか？

運命の時が訪れた。

ムテキが再びハイパームテキガシャットのスイッチを押した。

『ハイパークリティカルスパーキング！』

ムテキが空高く飛び上がった。こっちに向かって光速キックを仕掛けてくる。

もはや逃げられない。

自分はゲームオーバーの運命を悟り、目を瞑った。

次の瞬間、強い衝撃によって自分は吹き飛ばされた。

耳をつんざくような爆発音が轟く。

「息してるか。レーザー」

気がつくと、自分はムテキの光速キックの軌道から逸れていた。

傍らにはコマンダーガードキャップを被り、全身に十門もの砲撃ユニットを備えた仮面ライダースナイプ　シミュレーションゲーマー　レベル50《フィフティ》が佇んでいた。

「間一髪間に合ったようだな。監察医」

スナイプの横に並んで現れたのは、白い甲冑と白いマントに身を包んだ戦士――仮面ライダーブレイブ　レガシーゲーマー　レベル100《ハンドレッド》だ。

ブレイブは自分に手を翳《かざ》すと、白いオーラを発生させた。

回復魔法を発動し、自分のライダーゲージがみるみる回復していく。

「ちょっと格好良すぎない？　お二人さんとも。おかげで助かったぜ」

自分も立ち上がり、二人の間に並んだ。

前方には、光速キックが不発に終わったまま地面に着地したムテキの姿が見える。

「けど、なんでここに？」

「親父から聞いた。監察医が呼吸器内科の病室に向かったことをな」

「俺たち二人はマイティノベルXのイベントをクリアした」

「へぇ〜、ノリノリじゃないの」

「詳しい話は後だ。まずはここを離脱するぞ」

ブレイブがガシャコンソードを構えた。Aボタンを押して『コ・チーン！』と氷モードに変える。

「俺たちが離脱するまで三秒。あいつに三秒の隙を作る」

スナイプが両腕の主砲ユニット《オーバーブラストキャノン》を構えた。

オッケー。アンタらの作戦はわかったぜ。

「永夢。本来ならお前が隠したい嘘ならそっとしておいてやりたい。けどゲームオーバーになったお前を取り戻す為にもマイティノベルXを攻略しなきゃならない。お前の心と向き合わなきゃならない。荒療治になっちまうけど勘弁してくれよ？」

自分はプロトジェットコンバットガシャットを取り出し起動した。

『ジェットコンバット！』

「爆速。変身」

ガシャットをゲーマドライバーの二つ目のスロットに装填し、レバーを引く。

プロトコンバットバイクゲーマー　レベル0《ゼロ》にレベルアップした。

背面に装着した飛行ユニット《エアフォースウィンガー》で上空に飛び、ガトリングコンバットでムテキめがけて炸裂光弾を連射。

言うまでもなくムテキには効いていない。でもこれでいい。

弾幕の隙をつき、ブレイブがガシャコンソードを地面に突き立てた。地面がみるみる凍りついていき、ムテキの周囲にバカでかい氷柱を次々と発生させた。

スナイプが主砲ユニット《オーバーブラストキャノン》にエネルギーを溜め込み、ムテキめがけて発射。

氷柱で逃げ場を失ったムテキに命中し、後方に吹き飛ぶ。

あれだけの直撃でもムテキには一切のダメージを与えられない。

けど三秒間あいつをノックバックさせれば充分だ。

「よし！　これ以上の戦いはノーサンキューだ！」とブレイブが叫んだ。

自分は上空から地上に着陸すると、すぐに変身解除した。

ブレイブもスナイプも阿吽《あうん》の呼吸で変身解除する。

三人一斉にゲーマドライバーを腰から取り外し、その場を離脱した。

いつの間にか夜空から月が消えていた。

どうやら雲が現れ始め、月が隠れてしまったらしい。月明かりがない分、辺りは一層暗くなっている気がした。道路沿いに点々とついていた街灯だけが自分たちの行く先を照らしている。

ふと頬に冷たい何かが当たり、一瞬背筋がぞくっとした。

雨だ。ぽつぽつと雨が降り始め、周囲の草木やコンクリートの路上を濡らす。地面から立ち上った独特の匂いが鼻先をかすめる。どっかの学者がその匂いをペトリコールとか命名したらしい。ギリシャ語で『石のエッセンス』。

ペトリコールが自分の胸をざわつかせる。ほぼ条件反射的に、だ。

雨。また雨か。

何か良からぬことがこれから起こる。そんな時に限って雨が降る。ここ数年そんなことの繰り返しだ。自分がこれほど雨男だと感じたことはない。底意地が悪い御天道様のヤラセかドッキリなんじゃないのって疑うぐらいだ。

事実は小説より奇なりとはよく言ったもんだ。神がどれだけ運命的なマイティノベルXの物語を仕込もうが、自分たちを濡らすこの雨の方がよっぽど運命的であり、物語的であり、ドラマチックであるように思える。

もちろんそんな雨なんて少しも望んじゃいないんだけどな……。

…………。

……おっと、つい独り言が多くなったな。

なぜ今、自分が雨降る路上でペトリコールなんつうチャーミングな名前の匂いに囲まれているのかって思っただろ？

ムテキとの戦闘から離脱した後、自分と大先生と白髪先生は二〇一号室前の廊下で待っていたニコちゃんと合流して、次のノベルスポットに向かっていたんだ。

聖都第四地区。永夢が子供の頃に住んでた町の路上だ。

しっかし寒い。こんなことなら傘持ってくればよかったな。

自分たち四人は雨に打たれながら初めて訪れた路上をただ眺めていた。

「監察医。まさかここは……ポッピーピポパポが向かった先」

「なるほど。エグゼイドが交通事故に遭った場所ってわけか」

さすが。大先生も白髪先生も気づいたみたいだ。なら話は早い。

「行こう。あいつの……永夢の運命を変えた、あの雨の日に」

自分たちは一斉に腰にゲーマドライバーを装着した。ゲームの参加条件は整った。

『マイティノベルX！　イベントスタート！』

マイティノベルXのシステム音声が響き渡る。

いよいよレースも最終コーナーってところか。

チェッカーフラッグはもうすぐそこだ。

永夢、待っててくれ。自分たちの手でお前を治療する。

お前を救ってやるからな。


マイティノベルXの特殊空間《ゲームエリア》。

眼前の光景は、周囲の草木の成長具合が違うことを除けば現実の世界とほとんど区別がつかなかった。

緑。道路。街灯。雨。

ふとぴちゃぴちゃと濡れた地面を踏む足音が聞こえてきた。

振り返ると、道路沿いの歩道の先に、黄色い傘を差した子供がこっちに向かって歩いてくる。黄色いTシャツ。紺のハーフパンツ。青い長靴。黒革のランドセル。

「あの子が子供時代の小児科医だ」と大先生が言った。一度会っていたからすぐにわかったようだ。

永夢は自分たちの前まで来て、立ち止まった。

「かさ。もってないの？」

「ああ。お兄ちゃんたち、おっちょこちょいでな」と自分が応えた。

「かぜひくよ？」

「心配いらないって。お医者さんだから。……君はこれからどこに？」

「……がっこうだよ」

永夢の声がわずかに震えていたように感じた。

妙だ。永夢は嘘をついている。でもなんでだ。なんで嘘をつく必要がある？

その時、大先生が会話を遮った。

「違う。ここは通学路じゃない」

一瞬何を言っているのか理解できなかった。

「事故に遭ったこの場所は……小児科医が通っていた小学校とは真逆に位置する全く別の場所。小児科医の通学路じゃない。俺がクリアしたイベント内で小児科医と日向審議官がそのことについて話しているのをこの耳で聞いた」

……どういうことだ？

……それが本当だとしたら永夢はどこに行くつもりだったんだ？

「大我！　そういえばあの時永夢が！」と今度はニコちゃんが反応した。

「ああ。俺たちがクリアしたイベントの中で気になっていたことがある。高校生だったエグゼイドが言ったんだ。『命の大切さもわからなかった人間ですから』ってな。何かの手がかりかもしれない」

あの永夢がそんなことを言ったのか?

じゃあ永夢が見舞いに来た時に永夢の親父さんが口にしたあの言葉の意味は。

……通学路じゃない道路……命の大切さをわからなかった人間。

次の瞬間、一見バラバラだった物語の欠片が一本に繋がった。

信じたくなかった。単なる思いすごしだと思いたかった。

「……自分も……永夢の親父さんに会った……その時に親父さんが永夢に言ったんだ……『お前に人の命を救う資格が本当にあるのか』って……『あの雨の日に、私を裏切ったお前に』って……」

誰もが驚きを隠せない様子だった。雨の中にも拘らずみんな瞬きを忘れていた。

自分も全身に寒気がして身震いした。決して雨の寒さのせいじゃない。

その時、幼い永夢がゲーム病を発症し、苦しむ声を上げた。

黄色い傘を差したまま車道へ一歩踏み出した。

そこへ乗用車が急接近した。ブレーキは間に合わない距離だ。

鳴り響く大音量のクラクション。強い衝撃音と共に空を舞う黄色い傘。近くの通行人の「救急車!」という声。

自分はとっさに幼い永夢に駆け寄り、小さな身体を支えた。

頭から血が流れ、目の焦点が合っていない。身体も震えている。

「……ぼくって、こうなるうんめいだったのかな？」

「永夢……」

「ぼくがいらないにんげんだから、ゲームオーバーになったのかな？」

その時、震えていた永夢の身体がぴたりと止まった。

エンストしたバイクみたいに動かなくなった。

目の前にホログラムモニタが映し出され、三つの選択肢が表示された。

《はい》《いいえ》《その他》

胸が苦しかった。苦しくて、苦しくて、心臓が捻り潰されるような気分だった。

気がつくと両目から生暖かい水が溢れてきた。

永夢。お前はなんていう嘘をついていたんだ。

おそらくそれはこの世で一番悲しい嘘だ。

そしてその嘘を暴かなければならない。

自分は運命の答えを告げた……。

「……はい」

自分は力の限り、小さな永夢を抱きしめた。

「……こうなる……運命……だったのかもな」

言葉がすぐに出てこない。

「……お前自身が……それを……望んで……いたなら」

自分が口にできたのはそこまでだった。

それ以上何かを口にしたら、それ以上明確な言葉を告げたら、全て既成事実になってしまう気がしたからだ。

ぎりぎりまで信じたくなかったし、認めたくもなかった。

「……ほんとはがっこう、いきたくなくて……よりみちしてたんだ……もしぼくがこのせかいからいなくなったとしても……だれにもめいわくかからないし……だからリセットしようっておもって……ゲームだってこうりゃくにしっぱいしたらリセットするし……ぼくのじんせいもリセットしよう……って」

背後からすすり泣く声が聞こえた。

大先生も、白髪先生も、ニコちゃんも、耐えられなかったようだ。

何よりも悲しかったのは、永夢が自らの命を断とうとしたことだけじゃない。

それがどれだけ重大なことなのかもわからずに、ゲームのリセットボタンを押すように安易に実行しようとしたことだ。ライフが一つ減るぐらいの感覚で安易に死を選ぼうとしたことだ。

そして。一つしかない命を生きる幸せやありがたみを、この子に気づかせてあげられなかった父親に対して。学校に対して。社会に対して。

「でもな永夢……お前の人生は終わらない。リセットなんてできないんだよ」

「……どうして？」

「この世界にはな……お前のことを守ってくれるヒーローがいるからだ」

「……ヒーロー？」

「ドクターだよ」

これは永夢、お前の言葉だ。

お前自身がお前の親父さんに言った言葉なんだよ。

お前がお前自身の命を失おうとしても、ドクターがお前の命を失わせない。

そしてお前は気づく。誰に教わるわけでもなく自分自身の力で気づいていくんだ。

どんな運命だろうと変えられる力が、人にはあるということを。

人が生きるということ。命。笑顔。

それこそが全ての人が持つ、運命を変える力だということを。

命が生きようとする力に、お前は逆らうことなんてできない。
お前の人生という名のゲームはノーコンティニューで続いていくんだ。
これからも。ずっと。

『ゲームクリア！』

……心が震える。


俺が立っていたのは見覚えがある場所だった。

まるでゲームをポーズした時のような静寂。

見渡す限りの闇の中に広がるダークブルーの水面。

海でも湖でもプールでもない。底無しの水。

水の中に白い何かがゆらゆらと揺れている。白い何かが俺を水の中に招き入れようとしている。

俺はおもわず目を背けた。

嫌だ。怖い。水は俺に死を連想させる。やめろ。やめてくれ。

乱れる呼吸を整えてもう一度白い何かを見た。

目を凝らすと白い何かがじょじょに輪郭を現してくる。

違う。あれは俺を招き入れようとしているんじゃない。

俺に助けを求めているんだ。

あれは……白衣。
永夢だ。永夢が水の中で溺《おぼ》れている。
「永夢！　死ぬな！」
俺は反射的に仄暗《ほのぐら》い水の中に飛び込んだ。
さっきまでの恐怖心を忘れ、無我夢中で水を掻いた。
わずかな光に照らされた白衣めがけて。ただ真っ直ぐに。
永夢との距離が少しずつ縮まっていく。五メートル。四メートル。三メートル。
俺は思いっきり手を伸ばした。二メートル。
永夢が手を伸ばしてきた。一メートル。
絶対に永夢を死なせない。五十センチ。
その手を摑み取る。十センチ。
永夢の手を摑んだ。もう大丈夫だ。永夢。
が、次の瞬間、永夢が俺の腕を引っぱった。底無しの水に俺を引きずり込んだ。
おもわず息を吐き出した。口から気泡がぶくぶくと溢れ出た。
苦しい。息ができない。
もがき苦しんだ。すぐに水中から脱出しようとした。
でもいくら足掻《あが》いても水面には到達しない。どっちが上でどっちが下かもわからない。

無様に足掻く俺を見ていた永夢は——笑っていた。

なんで笑ってるんだ。そんなところにいたらお前も死ぬんだぞ。

嫌だ。怖い。死にたくない。

助けてくれ。


ハッと目を開けた。目の前には真っ白な天井が広がっていた。

俺はCRの病室のベッドに横たわっていた。心が死ぬほど震えている。

夢か……なんて夢だ……。

「目を覚ましたか。パラド」

傍らに白衣姿のブレイブがいた。

ふと室内を見渡すとスナイプ、レーザー、ニコの姿もあった。

俺はすぐに頭脳をフル回転させ、自分が置かれている状況を整理した。

そうだ。俺はずっと眠っていたんだ。永夢がマイティノベルXを起動して。永夢と俺はバグスターウイルスに感染して……。

「落ち着いて聞け。パラド」

ブレイブがここまでに起きたことを簡潔に説明した。

ゲンムが仕組んだマイティノベルXの詳細。ゲームオーバーになったらしい永夢とポッピー。マイティノベルXの物語に秘められた永夢の過去。永夢の真実。

どうやら事態はかなり深刻らしい。

「でもパラドが目覚めたってことは、どうやらちょっとずつ永夢の心の症状がよくなってきているみたいだな」とレーザーが言った。

「ああ。俺たちのオペは無駄じゃなかったらしい」とスナイプも言った。

そうか。こいつらが永夢を治す為に力を尽くしてくれていたのか。

「永夢はどこだ？」と俺はブレイブに訊ねた。

「それはお前が一番理解しているはずだ。小児科医と同じ心を共有するお前が」

同じ心。そうだ。世界中のどこにいようと俺と永夢は心が通じ合う。

俺は永夢の心を感じる為に瞑想した。

永夢。お前は今どこにいる？　何を考えている？

けど永夢の心は空っぽだった。

永夢の心と通じ合えなかったわけじゃない。あいつの空っぽな心を感じ取ったんだ。

俺にはわかる。お前の居場所だろうと。お前の心だろうと。

「あとは俺がやる」

俺はベッドから下りると、ベッドサイドのテーブルに置いてあったマイティノベルXガシャットを手に取った。

「待ってパラド！　どうするつもり⁉」とニコが心配してきた。

「決まってんだろ。この俺が永夢を……永夢の心を救う」

「よろしく頼んだぜ。パラド」とレーザーが言った。

「待って。パラド一人に任せて大丈夫なわけ⁉」とニコがまた心配してきた。

「小児科医は心のゲーム病に罹っている。通常の病とは違ってドクターの俺たちだけで治せるものじゃない。最後はあいつ自身が自分の心と向き合わなければならない。その為にもパラドに全てを託すしかないんだ」

ああ、ブレイブの言う通りだ。

俺は永夢。永夢は俺。永夢を最後に救うのはこの俺だ。

俺は決意し、マイティノベルXガシャットを起動した。

『マイティノベルX！』

背後にマイティノベルXのゲームスタート画面が出現した。《MIGHTY　NOVEL　X》のタイトルロゴに、筆を持った白黒のパンダみたいなマイティのイラストが描かれている。

これはバグスターの俺にしかできないことだ。

バグスターならゲーム画面から直接ゲームの世界にアクセスできる。

ゲンムのシナリオ通りにさせてたまるか。

待ってろよ、永夢、ポッピー。閉じ込められたお前たちは俺が救い出してみせる。

俺はマイティノベルXのゲーム画面の中に飛び込んだ。


マイティノベルXの特殊空間《ゲームエリア》。

といってもここは正規のルートを辿ってきた特殊空間《ゲームエリア》じゃない。

本来プレイヤーはゲームのルールに則《のっと》って攻略し、与えられた順序で特殊空間《ゲームエリア》を進んでいく。

けど俺は裏口から侵入した。直接ガシャット内のデータにアクセスして自由に特殊空間《ゲームエリア》を行き来する。言わば裏技だ。

ガシャット内にはゲームを構成する様々なデータが記録された書庫《アーカイブ》がある。

その中でも一番データ容量が膨大なのが美術設定空間だ。

永夢の家だとか病院だとかネクストゲノム研究所だとか。とにかくゲームに関わるあらゆる空間の書庫《アーカイブ》がある。他にも登場人物の書庫《アーカイブ》だとか、台詞に関わるテキストの書庫《アーカイブ》だとか、音声・BGM・効果音の書庫《アーカイブ》だとか。その数は膨大だ。

今、俺の目の前には、美術設定空間が一繋ぎになった聖都の街がオープンワールドの形で広がっている。

ゲンムとは長い付き合いだったけど、あいつほどマメな男はいない。

なんたって現実の世界と瓜二つの街をデータとして完全に再現しているんだからな。

しかも建物や道路だけじゃない。道に捨てられたゴミから不規則に発生する雨に至るまで。細部の拘りようが半端じゃない。

あいつは自分を神だと自称してたけど、あながち間違っちゃいない。ゲームの登場キャラクターの命だけじゃなく世界そのものまでこうやって創造しているんだからな。

おっと。あんなやつのことを感心している場合じゃないな。

俺は美術設定空間の書庫《アーカイブ》を離れ、登場人物の書庫《アーカイブ》に瞬間移動した。

そこは黒い壁に覆われた無機質な空間がいくつも連なった場所だった。

その中の一つの空間にあいつらはいた——白衣姿の永夢と鎖で拘束されたポッピーだ。

俺の姿に気づいたポッピーが「パラド！」と叫んだ。

「散々な目に遭ったな。安心しろ。今助け出してやる」

「ククク……そうはさせないぞ、パラドォ」

突然、永夢とポッピーの目の前に、黒いヒト型バグスターウイルスが出現した。

「お前がクロトピーか」

「ゲームのルールを無視し裏技で救い出そうとは、バグスターの風上にも置けない行為だな、パラド」

「……心が滾《たぎ》る。ふざけたゲームで永夢とポッピーを危険な目に遭わせやがって」

「二人を救い出すことが君にできるかな？」

「俺がこうやって目覚めたのが何よりの証拠だ。永夢の心のゲーム病は治りかけてる」

その時、永夢が突然大声を上げて苦しみ出した。

「うわあああああああああ！」

ゲームの世界で洗脳されていた永夢が自我と葛藤している。

「宝生永夢。君の心に土足で侵入するパラドを、君の身体に感染しているウイルスを切除するんだ。君自身の手で」とクロトピーが煽った。

永夢は苦しみに耐えつつ、この俺と対峙した。

眼光鋭く俺を睨みつけ、腰にゲーマドライバーを装着する。

俺も迷うことなくゲーマドライバーを取り出し腰に装着した。

かつてお前は俺の運命を変えてくれた。無知だった俺に死の恐怖を教えてくれた。俺がやったことの愚かさと命の大切さを教えてくれた。こんな俺をお前は受け入れてくれた。

お前の荒療治によって俺の心は救われたんだ。

だから今度は俺がお前の心を救う。

荒療治にはなるけど許してくれよ。これはお前の為なんだ。

「……ハイパー大変身」

永夢はガシャットを装塡し、黄金の戦士エグゼイド　ムテキゲーマーに変身した。

俺もガシャットギアデュアルを取り出した。

「永夢。お前の運命は、俺が変える」

ガシャットギアデュアルをゲーマドライバーのスロットに装塡。俺の背後にパーフェクトパズルとノックアウトファイター、二つのゲーム画面が映し出される。

「マックス大変身！」

俺は両腕を円状に回転させ、ゲーマドライバーのレバーを開いた。

『赤い拳強さ！　青いパズル連鎖！　赤と青の交差！　パーフェクトノックアウト！』

赤と青の戦士、仮面ライダーパラドクス　パーフェクトノックアウトゲーマー　レベル99《ナインティナイン》に変身した。

これは運命の再戦だ。

かつて俺はムテキと戦って完膚無きまでに叩きのめされた。

けど二度も同じ目には遭わない。どんな相手にだって必ず攻略法は存在する。それを見出すのがゲーマーだろう？

ムテキがすかさず光速で接近してきた。

チャンスは一度きり。勝機はそこにある。

ムテキの連続攻撃を俺はノーガードで受けつつ、カウンターキックを仕掛けた。

攻撃目標はムテキのゲーマドライバーに装填されたマキシマムマイティX。ただ一点。

ムテキの攻撃によって俺は後方に吹き飛ばされた。

が、同時にマキシマムマイティXが弾き出されて空を舞った。

俺は受け身を取って地面を蹴り返して跳び、マキシマムマイティXを掴み取った。

目を覚ませ。永夢。

俺は宙に浮いたまま即座にガシャコンパラブレイガンを取り出し、そのスロットにマキシマムマイティXを装填した。

『キメワザ！　マキシマムマイティクリティカルフィニッシュ！』

パラブレイガンのトリガーを引き、リプログラミング光線を発射させる。

光線が一直線にムテキに迫り、直撃する。

リプログラミングの力で永夢の遺伝子を初期化すれば洗脳が解ける。それが俺の攻略法だった。

狙い通り、ムテキは戦意を失ったように変身を解除した。

白衣姿に戻った永夢は我に返ったように俺を見つめている。

「パラド。僕は……」

よかった。いつもの永夢が帰ってきた。

俺はポッピーを拘束していた鎖も破壊し、彼女を救出した。

「ブレイブたちがマイティノベルXの攻略を進めてくれた。今ならクロトピーへの攻撃も通じるはず。あいつを始末すればゲームは終わりだ」

俺はクロトピーと対峙し、宣戦布告した。

「バグスターウイルスのお前なんて瞬殺してやる」

が、意外にも、クロトピーは余裕の態度で嘲笑した。

「マイティノベルXの物語がこれで終わりだと思ったかい？」

「どういう意味だ」

「これまで君たちが攻略した物語は宝生永夢の過去にまつわる物語にすぎない。しかし彼の物語は今も尚、現在から未来に向かって紡がれ続けている。……そう。つまりこのゲームのエンディングは未来に存在している。それを決めるのは宝生永夢。君自身だ」

俺たち三人は唖然として言葉が出てこなかった。

マイティノベルXのエンディングは用意されていない。つまりマイティノベルXの物語は永夢の人生そのもの。

そのエンディングとは……永夢の人生の終わり。

「宝生永夢。君はこれまでドクターとして患者の命を救おうとし続けてきた。白衣を身に纏う者としては当然だと思っているかもしれないが、時に君の行為は異常なまでに潔癖であり盲目的であり独善的だった。そこにはある種のエゴイズムが存在している。君の心の闇が生んだエゴイズムがね」

何の話だ……ゲンムのやつ、一体何を言ってるんだ……。

「宝生永夢の水晶はいつまでも変わらず透き通っていた。それは君の心が純粋だったからではない。君の心が空洞だったからだ。その空洞から目を背ける為に。その空洞を自己否定する為に。君は聖人君子で在ろうとし続けた。聖人君子で在り続けなければならなかった」

永夢は戸惑っていた。こっちにも聞こえてくるぐらい永夢の心臓が鼓動し、呼吸が荒くなっている。

「……違う」と永夢が反発した。自分に言い聞かせているみたいだった。

「そう思い込んでいるだけだ。その証拠がパラドという存在だ」とクロトピーが言った。

……俺。

「宝生永夢の心の闇がパラドを生んだ。ゲームの遊び相手が欲しいという子供時代の君の願望がパラドを生んだ。パラドの無邪気な悪意は君の心に内在していた。だからこそ生まれたものに他ならない」

俺の悪意が……永夢の心に……。

永夢が息苦しそうに悶《もだ》え始めた。

まずい。強いストレスによってゲーム病の症状が悪化し始めている。

それに呼応するように俺の心まで苦しくなり始めた。

耐えろ。俺が永夢を救うんだ。

「ふざけんな！　永夢はそんなやつじゃない！　俺なんかと違って……永夢は……命の大切さを知って……」

しかしそれ以上の言葉が出てこなかった。

確かにそうだ。子供時代の永夢は自らの命をリセットしようと考えた。命の大切さを知らなかった。

あの時の永夢はまさに……かつての俺そのもの……。

クロトピーが高笑いし、俺に告げた。

「俺はお前。お前は俺……パラド。君が口癖のように発していた言葉こそが全ての証。否定しようのない事実なんだよ！」

永夢がさらに苦しみ悶え始めた。ストレスの増加に比例するようにゲーム病の症状が深刻化してきている。

「いいぞ、もっと苦しめ！　君のストレスがァ……君のストレスこそが私の糧となるのだ！」

「クロトピーやめて！」とポッピーが叫んだ。

これ以上、永夢にストレスを与えさせるわけにはいかない。

が、クロトピーのムカつく言葉は止まらなかった。

「さぁ、マイティノベルXもいよいよ最終章……全ての運命の起源にまつわる物語に案内しよう」

クロトピーが永夢を真っ直ぐに指差した。かつて永夢がゲーム病であることを暴露した時のように。

「宝生永夢ぅ！　そもそもなぜバグスターウイルスが生まれたのかァ……」

なんだ……なんで今そんな話を持ち出したりするんだ？

バグスターウイルスが生まれたのは二〇〇〇年問題が原因だ。コンピューターのバグが突然変異して誕生したはず。そうだろ⁉

「なぜ君の父が君の身柄を私に差し出したのかァ！　なぜ君の父が息子を顧みない鬼畜だったのかァ！　その答えはただ一つ！　君の父こそがァ、初めてバグスターウイルスをォ、生んだ男だからだァ！　ハーッハッハッハーーーーーッ！！！」

その場の空気が——ポーズをしたみたいに——凍りついた。

頭が真っ白になった。俺だけじゃない。永夢も。ポッピーも。

知らない。何も聞いてない。

永夢の父親がバグスターウイルスを生んだだと……？

そんな事実、初耳だ……。

永夢の呼吸がますます荒くなっている。永夢のストレスが極限まで近づいてきている。

まずい。

「あの人が……バグスターウイルスを生んだ……嘘だ……嘘だ嘘だ！」

永夢のストレスの増加に伴い、クロトピーの姿にも異変が起こり始めていた。

宿主である永夢の生体エネルギーを得て、クロトピーの姿がじょじょに人間態の姿に変わり始めていたのだ。

黒革の靴。黒いスーツ。黒いシャツ。そしてオールバックの黒髪。

――ゲンム本人だ。

バグスターは完全体に近づくことでゲームキャラクターとしての姿とは別に、人間態を手に入れる。つまりクロトピーの人間態がゲンムってわけだ。

ゲンムは万が一自分が消滅した時の為に第二の手を用意していたんだ。

あいつがマイティノベルXを遺した真意――それはゲンム自身のバックアップを復元する為のシナリオ。

「完全体まであと少し。宝生永夢。君が消滅すれば、私は第二の檀黎斗。檀黎斗Ⅱ《ツー》として完全復活を果たす」

「……ピー音に隠されてた放送禁止用語って……ツーって意味だったんだ」とポッピーが

呟いた。

「……ライフ九十九個の次はそっくりさんのマークツーかよ。ふざけやがって」と俺の心が滾った。

「この私が何の対策もせずに大人しく消滅するとでも思ったか」

「なんで……三年経った今になってこんなことするの！」とポッピーが叫んだ。

「宝生永夢。君は記者会見で消滅者全員の名を挙げた時、そこに私の名も含めていた。だから君に三年という猶予を与えたのさ。君がドクターとして宣言通りに私を復元できるかどうか試す為にね。しかし君は為し得なかった。私はあの記者会見から同じ三年で九条貴利矢に人体を与えたというのに、君はドクターとして何も果たさなかった。だから私自身の才能で私の命を復元しようと考えたまでさ！　この無能どもがァ！　ハハハ！」

癇に障る笑い声を残して、黎斗Ⅱ《ツー》はデータ粒子となって姿を消した。

永夢が茫然と立ち尽くしている。

「永夢。あんな野郎の言葉に惑わされるな」

「パラド……」

「何はともあれ、お前は無事帰ってきた。いいか永夢。マイティノベルXのエンディングを……お前自身の人生の結末を決めるのはお前しかいないんだ」

「パラドの言う通りだよ、エム！」とポッピーも同調してくれた。

「まだ物語は終わっていない。マイティノベルXを攻略してゲンムのやつを消すんだ」

永夢は黙ったままだった。

わかるよ。お前の心は痛いほどわかる。

もし本当に自分の父親が元凶だとしたら、心が震えるどころの騒ぎじゃない。

心が壊れてしまったっておかしくない。

ただ。真実にたどりつくまでは全てを鵜《う》呑《の》みにするのはまだ早い。だから心を強く持たなきゃならない。

そうだろ。永夢。

俺はお前。お前は俺。俺の心をお前も感じているはずだ。

この先どんな物語が待ち受けているとしても、エンディングを決めるのはお前自身だ。

俺はただ真っ直ぐに永夢を見つめた。

永夢もただ真っ直ぐに俺を見つめ返した。

物語の運命は、お前が変えろ。

果てしない　ending

あらゆる運命を超越する……私こそが神だ。

私は常にあらゆる運命を想定する。特に、私という存在のバックアップをとっておくことは全てに優先する。

この私、檀黎斗Ⅱ《ツー》が誕生したということはつまり『Ⅰ《ワン》』が消滅したことを意味する。

が、大きな問題ではない。

才能。思想。記憶。身体能力。あらゆるステータスにおいてⅠ《ワン》とⅡ《ツー》は同一体であるからだ。

バックアップが作成できたのはゴッドマキシマムマイティXのおかげだった。

私のアイデア一つでどんなゲームも生み出せるガシャットの力によってマイティノベルXを生み出し、ゲームのナビゲーターとしてⅠ《ワン》の複製である私がデザインされたのだ。

さらにⅠ《ワン》によってあらかじめプログラミングされた使命が私に課せられている。

《マイティノベルXをエンディングまで見届け、Ⅰ《ワン》を復元すること》

私にこのような使命を課したⅠ《ワン》の意志を感じ、興奮を禁じ得ない。

これは天才ゲームクリエイターと天才ゲーマーの運命を懸けた大勝負なのだ。

自分が生み出したゲームをプレイヤーに攻略させることこそがゲームマスターの本望であり、その相手として最も相応しいのが宝生永夢。そしてマイティノベルXのエンディングこそが宝生永夢の最期であり、I《ワン》の再生というシナリオなのだ。

私はとある高層ビルの屋上に佇み、眼下の夜景を睥睨した。

大小様々な建築物。明かりの一つ一つ。そこで暮らす一人一人。その全てが模型のように見える。まさに私の意志一つで如何様《いかよう》にでもできるジオラマのようだ。

ふと背後から抑揚のない声が語りかけてきた。

「私の会社には近づくなと言ったはずだ」

振り向かずともわかる——宝生清長だ。

「貴方《あなた》は素晴らしい才能の持ち主だ。医療機器の開発によって都心にこれだけの自社ビルを作り上げた」

「……私だけの力ではない」

「無論。今やメディクトリックの医療機器は先進医療に欠かせない存在だが、それでも救えない命が存在する。貴方は完璧ではない」

「君の母親を救えなかった。そう言いたいのか？」

「……あくまで一般論の話さ。そして貴方には不可能なことが私には可能なのだ」

「……自らの命を複製するなど、その異常な倫理観は相変わらずだな」

「自分の息子を生贄《いけにえ》に差し出した貴方には正常な倫理観があるとでも？」

「…………」

「失礼。不毛な議論はよしましょう。全ては必然。こうなる運命だっただけのこと」

「君は一体、何をするつもりだ」

「私はゲームマスター、運命の傍観者さ。これから紡がれるマイティノベルXの物語は貴方の息子の未来であり、貴方自身の未来でもある」

「私自身の未来？　どういう意味だ」

「この国のあらゆる医療機関に貴方の会社が開発した多くの医療機器が存在する。延命治療を受ける大勢の患者の命を支えている」

「……だからなんだ」

「その医療機器の全てにマイティノベルXのバグスターウイルスを感染させた」

私の想像通り、宝生清長は絵に描いたような絶句の表情を浮かべた。

「今の時刻が午後十一時五十五分。あと五分。日付が変わると同時に医療機器が誤作動を起こし、全国の患者の命が危機に晒《さら》される。……そう、かつて貴方が危惧した二〇〇〇年問題が現実のものとなるのだ」

「ふざけるな！　なぜそんなことを！」

「マイティノベルXのクライマックスを演出する為さ。そしてそれを防ぐ方法はただ一つ。宝生永夢の命が断たれ、マイティノベルXがエンディングを迎えることだ。そうすれば全てのバグスターウイルスが自動的に死滅し、誤作動を起こした医療機器は正常な状態に回復する」

私はおもむろにゲーマドライバーを取り出した。

これは南雲影成《なぐもかげなり》が使用していた七つ目。かつて難病の一人娘を救う為に仮面ライダー風《フウ》魔《マ》になった男のドライバーだ。

「さぁ貴方にもマイティノベルXの選択肢を与えましょう」

「…………」

「貴方が救うのは……息子の命か。人類の命か」

《なぜこの世界にゲームというものが存在するのか》

長きにわたる人生の中で私はこの大命題に向き合ってきた。

先《ま》ず。残念ながら私はゲームという概念そのものの創造主ではない。私が誕生した時にはすでにゲームは存在しており、娯楽としての文化が築かれていた。

眼下に広がる夜景の中、今まさにゲームに興じる者たちの姿を思い浮かべた。

一日の仕事を終え、就寝までのわずかな時間。彼らは仮想世界へと旅する。現実世界では得られないスリルと感動を味わう。疲弊した身体を休める時間を惜しみ、日頃のストレスを発散する。社会の制約やモラルから解放され、娯楽の彼方に没入する。

が、私はゲームの存在意義がストレス発散を目的とする娯楽だけとは考えていない。ゲームとは生命概念そのものなのだ。

生命の定義について話をしよう。

生命とは実に多義的であるが、最も一般的には生物が生きる根源である。生きているものと死んでいるもの、あるいは生物と物質を区別する概念とされている。しかし私は幼い頃、生命の定義について明確な解釈を持ち合わせていなかった。

なぜならこの世にはウイルスという存在がいるからだ。

ウイルスは生命の最小単位と言われる細胞を持たないが、死んでいる存在ではない。他の生物の細胞を利用し自己を複製する構造体であり、彼らは遺伝子を有している。生物としての特徴を持っているにも拘わらず、時には人の命を奪う存在であるにも拘わらず、細胞を持たないウイルスを一義的に生命体であるとは断言できない。

しかしゲームという概念が私に一つの解答を示してくれた。

ゲームにもライフが存在する。

ライフも実に多義的だが、一般的にはゲーム内のキャラクターが生きる根源である。しかしゲームの世界には多種多様なキャラクターが存在し、ライフを有するのは人間や動植物などの生物的キャラクターだけに留まらない。時にはロボットのような物質的キャラクターにすらもライフを設定することが可能である。つまりウイルスだろうとライフを有する生命体として定義することが可能なのである。

創造したものに生命を吹き込むことができる。ゲームこそが生命概念そのものであると私は解釈したのだ。

その時、私の世界が変わった。

生命がたった一つしかないという現実の世界観そのものが時代遅れで陳腐に思えてならなかった。

母・檀櫻子がこの世を去った時もそうだった。

医療によって生命が守られている現実が極めて脆弱《ぜいじゃく》な世界であることを悟った。そんな致命的な世界に私自身も——絶対に失ってはならない私の才能も——野晒し状態になっていることを悟った。

しかしゲームならば世界観設定を自由に構築できる。不死のステータスを付与することも、生命を九十九個に設定することも、保険の為に私という生命体そのものを複製しておくことも。

私のアイデア一つで生命概念を常にアップデートし続けていくことが可能なのだ。

マイティノベルXは世界に与えた試練であり、宝生永夢に与えた試練だ。

医療機器の誤作動を誘発させたのは脆弱な医療に対する警告でもあり、既成概念に縛られた保守的人類に対する警告なのだ。

さぁカウントダウンを始めよう。

時刻は午後十一時五十九分五十五秒。
四、三、二、一……零。
宝生永夢。私に見せてみるがいい。

マイティノベルXの運命のエンディングを。

運命はなぜこうも残酷なのだろうか。

午前零時ジャスト。その事件は起きた。

ＣＲの病室のベッドで安静にしていた僕は、ゲームスコープを通じて飛彩さんから報告を受けた。

なんと聖都大学附属病院のあらゆる部署のナースステーションでナースコールが一斉に鳴り響いたというのだ。各病棟で入院患者の延命治療に関わる医療機器である人工呼吸器や透析装置がバグスターウイルスに感染し誤作動を起こしたようだった。

病院中が一時パニック状態となり、非番だったドクターや看護師も総出で駆けつけ患者の対応に当たることになった。

僕が配属されている小児科の病棟にも人工呼吸器による延命治療を受けている小児患者がいる。

急いで小児病棟に向かう為にＣＲの病室を飛び出そうとしたが、僕を看病してくれていたパラドが制した。

「よせ。その身体で無理をするのは危険だ」

「どいてくれ。患者の子供たちを死なせるわけにはいかないんだ」

「これ以上ストレスを溜めたらお前だって危ないんだぞ！」

「パラド。お前なら僕の心がわかるだろ！　一刻を争う事態なんだ！」

僕が病室のドアを開けて通路に出た時、右脇の螺旋階段から駆け下りてくるポッピーの姿があった。正確にはブルーのナース服の仮の姿、明日那さんとして。

「永夢！　今、院長に確認したんだけど、医療機器の誤作動はウチの病院だけじゃないみたいなの！」

明日那さんの報告を聞きながらＣＲのエントランスを出た僕は、エレベーターの呼び出しボタンを押した。

「どういう意味……？」

「それが……全国の病院で一斉に……」

有り得ない。こんなことは今までに例がない。はっきり言って異常事態だ。

僕はすぐに緊急事態の背景には作為的な悪意が潜んでいるのを悟った。

「まさか。誤作動を起こしている医療機器って……」

「……全部、メディクトリック製だって院長が」

メディクトリック……僕の父親が勤めている医療機器メーカーだ。

「だとしたらこの問題に黎斗さんが関係しているかもしれない」

その時、CRのエントランスのドアが開いた。

貴利矢さんが血相変えて駆け込んでくる。

「永夢！　お前のことだから病室を飛び出すだろうと思ってたぜ」

「貴利矢さん。止めても無駄ですよ」

「わかったわかった。それより紗衣子先生から連絡があった。再生医療センターに神のダミーが現れたらしい」

「えっ、黎斗Ⅱが!?　まさか!?」と明日那さんが慌て出した。

「ああ。研究を進めていたゴッドマキシマムマイティXがあいつに強奪された」

「やばいぞ永夢。あのガシャットは相当厄介だ」とパラドが警戒の表情を見せた。

「ああ。でもまずは患者の対応が先だ」


小児病棟に到着した僕はすぐに他のドクターや看護師の人たちと連携し、手分けして小児患者の対応に当たった。

僕は小児科看護師の弓田吟子《ゆみたぎんこ》さんと共に一人の小児患者の元に駆けつけた。

一刻を争う事態だった為、バグスターウイルスに感染した人工呼吸器を復旧させる時間はない。

僕たちは手動式の人工呼吸器を用意し、手順に従って患者の呼吸管理を行った。

なんとか最悪の事態を避けることはできたものの、これは一時的な処置にすぎない。誤作動を起こした人工呼吸器を早急に復旧させなければならない。

僕は患者を吟子さんに任せ、病室を飛び出した。

が、廊下で明日那さんとパラドが前を遮った。

「永夢。どこに行く気⁉」と明日那さんが詰め寄ってきた。

「……パラド。一緒に来てくれ」

「永夢。お前……」とパラドは僕の心を感じているようだ。

これまでに発生したマイティノベルXの物語に僕の父親が登場していた。それにメディクトリックの医療機器が誤作動を起こした経緯から考えて、黎斗Ⅱがこの問題に関わっているのは間違いない。一刻も早く原因を究明する必要がある。

僕の心を感じ取ったのか、パラドは小さく頷くと粒子化して僕の身体に融合した。

「明日那さん。患者の子供たちを診てもらえますか」

「でも！」

「何かあったらすぐ僕に連絡を」

明日那さんの返事は待たず、僕はその場を駆け出した。

　聖都大学附属病院から徒歩三分圏内に大きな公園がある。

　野球場ぐらいの広さには緑豊かな木々が生い茂り、近隣住民が飼い犬の散歩やジョギングに利用する憩いの場所。でも夜中零時を過ぎたこの時刻になると、人の気配はまるでない。わずかな街灯に照らされた静寂の異世界に変わる。

　ここなら周囲に被害が及ぶことはない。決戦の場所として最適だ。

　僕は公園の芝生広場までやってきて時を待った。

　黎斗Ⅱは必ずこの場所に来る。僕はそう確信していた。

　あいつは言った。マイティノベルXのエンディングは未来に存在している。それを決めるのは僕自身。つまり最後の決着をつける場所は僕が決めた場所になるはずだ。

　僕の予想通りだった。

　街灯に照らされた薄暗い公園の闇から黒いあいつは現れた。

　仮面ライダーゲンム　アクションゲーマー　レベル2《ツー》だ。腰にはプロトマイティアクションXガシャットを装填したゲーマドライバーを装着している。

「医療機器の誤作動を引き起こしたのはあなたですね」

「…………」

　ゲンムの返事はなかった。

返事がないことが何よりの証拠だ。

「大勢の患者の命がかかっている。今すぐ元通りにするんだ！」

ゲンムは右腕を上げると、僕を挑発するように人差し指をくいと動かした。

説得するだけ時間の無駄というわけか。

「……わかった。僕が勝ったら言う通りにしてもらうぞ」

僕はマキシマムマイティXとハイパームテキを取り出し起動した。

『マキシマムマイティX！　ハイパームテキ！』

僕の瞳が赤く輝き、僕の中の《俺》が目覚める。

無敵の力で速攻で勝負を決める。

「ハイパー大変身！」

ムテキゲーマーに変身すると、先制攻撃を仕掛けた。手加減は無しだ。全力で決める。

俺の波状攻撃がゲンムにクリーンヒットした。

ゲンムは無防備な態勢でがむしゃらに殴りかかってきた。武器は一切使わず、ただ己の身一つで。

……おかしい。

ムテキの能力は誰よりもゲンムが知っている。どんな攻撃だろうとダメージを与えることができないことはわかっているはずだ。

俺はゲンムの攻撃をノーガードで受け止めた。もちろんダメージはゼロだ。

カウンターでゲンムにワンツーパンチを叩き込み、渾身の蹴りを浴びせた。

ゲンムが勢い良く吹き飛び、芝生の上に倒れた。あっという間に相手のライダーゲージが減り、残りライフはわずか。

……やっぱりおかしい。

ムテキとゲンム　レベル2《ツー》のスペックを比べれば力の差は歴然だってのに、あまりに無防備であまりに無策すぎる。

それにゲンムの動きはまるで素人同然だ。これまで歴戦を潜り抜けてきた檀黎斗と同一体とは思えない。

「……お前、誰だ？」

「……全て私が招いたことだ。私こそが諸悪の根源」

諸悪の根源。もしゲンム本人なら絶対口にしない言葉だ。自分が悪事に手を染めているなんてあいつはこれっぽっちも思っていないからだ。

それに聞き覚えがある声色。もう何年も耳にしていなかったが、抑揚のない特徴的な喋り方をする人間なんてあの人以外に考えられない。

「どういうつもりだ。なんでお前がゲンムに変身してんだ？」

「愚問だな。適合手術を受けたからに決まっているだろう」

適合手術とはゲーマドライバーを使用できる体質になる為に、文字通り《身体を適合させる為の手術》だ。

専用の注射器によってあらかじめ微量のバグスターウイルスを投与。ゲーム病を発症しない程度のウイルスを体内に注入することで、人体が自然治癒能力によってバグスターウイルスから人体を守る為の抗体を血液や体液の中に作り出す。そうすることでゲーマドライバーの使用に耐えられる身体になるんだ。

ただ適合手術を受けたからといって必ず体内に抗体を生み出せるとは限らない。適合する身体になれるのはごく一握りの選ばれた人間のみ。これまでにゲーム病を患って治療を受けた患者が大勢いるけど、彼らがゲーマドライバーに適合しているわけじゃない。

それほどの狭き関門を突破したってのか。

あの男が——宝生清長がゲーマドライバーに適合する身体を手に入れたってのか。

「……この世界にバグスターウイルスを生み出し、多くの人命を脅かした張本人は私だ」

「…………」

「私を野放しにすれば、人類はさらなる脅威に晒され続けることになる。お前もドクターの端くれならば、私の存在を見過ごすことはできまい」

ゲームの敵キャラが言いそうな挑発台詞だな。

でも違う。言葉の一つ一つが説得力に欠けている。真実味を感じられない。まるで誰かに用意されたテキストをただ言わされているだけのように聞こえた。

……これ以上の戦いは無意味だ。

ゲーマドライバーからガシャットを抜き取って変身解除し、俺は僕になった。

「あなたを攻略したって医療機器が元に戻るわけじゃない」

「…………」

「患者が救われるわけじゃない」

「…………」

「……黎斗さんの差し金なんでしょ」

「……あいつのことなど関係ない」

「とぼけないで。じゃなきゃあなたがそのドライバーとガシャットを持っているわけがない。ゲンムに変身できるわけがない」

「こうしてお前と私の因縁に決着をつけることは必然の運命なんだよ。マイティノベルXはお前の人生であり、私の人生だ。全てを終わらせる為にも、二人の物語に決着をつけなければならないんだ」

「僕はドクターだ。人の命を、あなたの命を、奪うことはできない」

「お前がやらないなら、私がお前の息の根を止める。それでもいいんだな」

「死ぬつもりはないよ。患者を救う為にも僕には生き抜く責任があるから」

「お前か、私か！　決着をつけない限りマイティノベルXは終わらないんだ！　大勢の患者の命を見殺しにすることになるんだ！」

「もちろん患者を見殺しにするつもりもない。マイティノベルXは僕がこの手で攻略してみせる」

「……なぜ私に攻撃してこない？　私のことを恨んでいるくせに」

「……もう恨んでる気持ちなんて忘れたよ。そんなのとっくの昔に通り越した。あなたにはもう何も期待してなかったから」

「…………」

「でも僕には……あなたを責める資格なんてない」

いつ頃からだろう。僕がこの人を『父さん』と呼ばなくなったのは。

ずっと父親を受け入れられず距離を置いていた。僕の心は父親から離れていた。

その始まりがなんだったのか。もはや振り返ることすらなかった。ただ僕の空洞な心と二人の空虚な関係だけが形骸化して、いつからか距離を近づける術を見失っていたのだ。

でもマイティノベルXの物語を通して、僕は改めて自分の過去を見つめ直すことができた。忘れかけていた当時の心を振り返ることができた。

そう、全てのきっかけはあの雨の日だ。

母さんを失い、僕が物心ついた時には、家族という最も核となるコミュニティの中で父親と二人きりになった。

父親は仕事が忙しく家にいる時間が少なかった。転勤が多く、度重なる引っ越しによって生活環境が変わることが多かった。友達が作れなかった僕はゲームで孤独を紛らわせるしかなかった。

ただそれだけ。ただそれだけだったんだ。

僕と父親との間に何か致命的な確執が起きたわけじゃない。

むしろ二人の間には何もなかった。

空洞。

何もなかったからこそ、僕は自分の人生に意義を見つけられなかった。

僕が僕である意義を見つけられなかった。

「あの雨の日……僕は確かにあなたを裏切った」

長年、僕の心に封印し続けていた鉛のような何かを吐き出した気分だった。

何よりも重くどす黒い鉛のような何かを。

「幻夢コーポレーションにファンレターを送った時は、自分がそんなことをするなんてこれっぽっちも思ってなかった。その後ファンレターのお返しに幻夢からゲームが届いた。知ってると思うけどマイティアクションCっていう試作品で。そのゲームがめちゃくちゃ難しくて。何回やってもクリアできなくて。そのうちに僕の中で何かが突然ぷつんと切れたんだ。何もかもどうでもよくなったんだ」

不思議な感覚だった。マイティノベルXをプレイしたことでタイムスリップしたかのように当時の自分の心境がありありと感じられる。

「あの頃の僕は、生命の大切さを理解してなかった。ただ、どうでもいい人生だなって思って。だったらゲームみたいに飽きたらリセットすればいいんだって。新しいゲームを始めるみたいにまたいつか生まれ変わって新しい人生をスタートすればいいんだって。そんな風にしか考えてなかった。こんなこと言っても信じないかもしれないけど一つだけ確かなのは……」

そう。自分でも信じられないけど一つだけ確かなこと。

「自分が死にたいって追い詰められるほど、特別な何かが起きたわけじゃないんだ」

ゲンムの姿をした男があきらかに動揺した素振りを見せた。顔は見えないけどこっちに伝わってくるほどの動揺だ。

「自分自身の人生に強く絶望したわけでもないし、ましてやあなたに対する当て付けでもない。ただ今にして感じる。大した理由がなかったという恐ろしさを」

「……今さら……そんな話が信じられると思うか」

「信じないよね。僕だって信じられない。あの頃の僕が僕じゃないみたいに感じてる。でも他に言いようがないんだ。これが事実だから」

短い沈黙が流れた。

別に気の利いた返答を期待しているわけじゃなかった。何かを理解してほしいと思っているわけでもなかった。

ただ。僕の身体がすっと軽くなった気がした。心の中にずっとこびりついていた鉛のような何かの分だけ。

次はあなたの番だ。

「あなたはどうなんだ……本当にバグスターウイルスを生み出したの？　だとしたらどういうつもりで？」

「………」

「僕を裏切ったの？」

ゲンムはおもむろにゲーマドライバーからガシャットを抜き、レバーを戻した。

変身解除すると、見慣れた背広姿の男が立っていた。顎髭が白髪混じりになっていて思っていたよりも歳を取っているように感じた。

なぜか複雑な気分になった。うまく言葉では表せないけど、たぶんショックだったというのが一番近い。親も歳を取るということが。

もちろん考えれば当たり前のことなんだけどあまり実感が湧かなかった。

心の何処《どこ》かで思っていたのかもしれない。

親は親として神様とか仏像みたいに変わらない姿でずっと居続ける象徴的な存在なのだと。

近くにいようが遠くにいようが絶対的に君臨し続ける完璧な何かなのだと。

しかし僕の目の前にいるのは象徴的な存在でも完璧な何かでもない。

生命を宿す一人の人間だった。

僕の知らない父さんがそこにいた。

「ああ。私もお前を……裏切った」

父さんの肩がわずかに震えていた。

抑揚のない声が語り出したのは、僕の知らない父さんの物語だった。


僕が交通事故に遭う以前。一九九九年。

父さんが勤めていたメディクトリックは重大な問題に直面していた。西暦が二〇〇〇年に変わる時、コンピューターが誤作動を起こすかもしれないと言われていた二〇〇〇年問題だ。

特に人命に関わる医療機器が誤作動を起こせば取り返しのつかない事態になる。父さんは開発部の責任者として二〇〇〇年を目前に控えて多忙な業務に追われていた。全国各地を転々としながらあらゆる医療機器について、何度も何度も二〇〇〇年問題を仮想シミュレーションした。医療機器の故障。人体への影響。あらゆる可能性について研究を重ねた。

当時引っ越しが多かったのもそういう事情があったからだった。もはや息子の僕のことを構っていられる心の余裕もなかったらしい。

当然だ。全国の患者の命が関わっていたんだから。

そんなある日、父さんは自分が使っていた端末が未知のコンピューターウイルスに感染していることを知った。

二〇〇〇年問題の仮想シミュレーションを何度も続けた結果、父さんは意図せずバグスターウイルスを生み出してしまっていたのだ。

その後、バグスターウイルスはインターネットの世界に漂流して、行方がわからなくなってしまった。でもその時の父さんは二〇〇〇年問題の対応に頭がいっぱいでバグスターウイルスの存在については見て見ぬふりをした。大した問題にはならないだろうと自分自身に言い聞かせて。

そして大晦日《おおみそか》の夜、運命の瞬間が訪れた。カウントダウンと共に年が明け、一九九九年が二〇〇〇年になった。

結局、医療機器は誤作動を起こすことはなかった。二〇〇〇年問題は何事もなく無事に終わった。

父さんは単なる取り越し苦労で終わったことに安心した。ただ一つだけ気がかりだったのがバグスターウイルスの行方だ。

そんな時、父さんの前に一人の男が現れた。

幻夢コーポレーション社長、檀正宗。

彼はネットを漂流していたバグスターウイルスの存在を嗅ぎつけ、そのデータを分析することで、出処が父さんの端末であることを突き止めたようだった。

檀正宗は父さんにこう提案した。

「このままでは近い将来、バグスターウイルスの広域感染《パンデミック》によって人類の命が脅かされる可能性がある。最悪の事態を防ぐ為にも、バグスターウイルスに対抗できる医療機器を共同開発したい」

その医療機器こそがゲーマドライバーだった。

初めは父さんも半信半疑だった。まさかコンピューターウイルスが人体に感染するなんてありえないと思っていたからだ。しかし何かあってからでは手遅れになる。自分の失態の後始末の為、協力するしかなかった。

この時、父さんは檀正宗の真の思惑に気づいていなかった。医療機器の開発というのは単なる名目で、本当は前代未聞のゲーム機を開発しようとしていたことを。檀正宗が幻夢コーポレーションを世界一のゲーム会社にする為に仮面ライダークロニクルを開発しようとしていたことを。

　さらに皮肉な運命が僕たち親子に訪れた。

　幻夢コーポレーションの大ファンだった八歳の僕が送ったファンレターが檀正宗の一人息子の黎斗さんの才能を刺激した。

　僕は黎斗さんから送りつけられたマイティアクションCをプレイし、世界で初めてバグスターウイルスに感染した。

　父さんは僕の症状からバグスターウイルスに感染していることを知った。

　でも僕に真実を打ち明けることはできなかった。自分の失態が世間に知られることを恐れたからだ。

　父さんは幻夢コーポレーションに押しかけ、檀正宗を糾弾した。

「どういうつもりだ！　なぜ私の息子にバグスターウイルスを感染させた！」

「申し訳ありません。あれは私の息子が勝手にやったことで」

「とぼけるな……お前が自分の息子を唆《そそのか》したんじゃないのか」

「黎斗は私の言うことを素直に聞くような子ではありませんよ。ただ……あなたの息子のファンレターを見せれば、黎斗がそういう行動に出るであろうことはわかっていましたがね」

父さんは檀正宗の本当の目的を知り、ゲーマドライバーの開発から手を引こうとも考えたが、もはや手遅れだった。檀正宗に弱みを握られていたからだ。逆らえばバグスターウイルスを生み出したのが父さんだと暴かれるからだ。

結局、父さんは後に引けなくなった。

そして二〇一〇年。僕が高校生の時。

父さんは僕の身柄を実験体として黎斗さんに差し出した。

ネクストゲノム研究所で僕の身体からパラドを分離する手術が行われたのだ。

パラドの獲得によってバグスターウイルスの研究と培養は加速度的に進み、とうとうゲーマドライバーの開発に成功。

檀親子にとって父さんは用済みの存在になった。

檀正宗は最後に父さんに厳命した。

「貴方と私は一度も面識がない。これまで起きたことについても貴方は一切知らない。全ては闇の中です。今後も我々は貴方に一切干渉しないし、その逆も然り。そうすれば貴方がバグスターウイルスを生み出した事実もまた闇の中」

父さんは覚悟を決めた。

バグスターウイルスに関する全ての出来事を忘れることを。

息子の僕にしたことについても全て忘れることを。

「……私は父親失格だ」

　全てを打ち明けた父さんは抑揚のない声を漏らした。その目からは抑揚のない涙がただ一筋だけ流れていた。

「私は自分の保身の為にお前を売った。自ら死を選ぼうとする息子のことなどどうなっても構わないと思うようになっていた。いや、そう思わないと自分を保っていられなかったんだ。お前を恨むことで自分がしてきた過ちを正当化し続けていたんだ」

「……もういいから」

「いいや、よくない！　お前がＣＲの仮面ライダーとして活動し始めたことを知った時も！　世の中に仮面ライダークロニクルが出回った時も！　私はただ見て見ぬふりをし続けた！　蚊帳《かや》の外の部外者を演じ続けたんだ！」

「もういいって言ってるだろ！」

　気がつくと父さんの抑揚のない涙が――後悔と懺悔《ざんげ》の涙に変わっていた。

「……父さんが意図してバグスターウイルスを生んだわけじゃない。悪意があったわけじゃない。それがわかっただけで僕はもう……」

《もう》の先に何を言おうとしていたんだろう。僕にもわからない。ただそんな言葉が自然と僕の口から出てきたことに驚いた。

僕は瞑想し、一度だけ大きく深呼吸した。

「でも。父さんがもっと早く全てを打ち明けていれば、大勢の犠牲者が生まれることもなかったかもしれない。仮面ライダークロニクルが完成することも、ゼロデイが起きることも、なかったかもしれない」

「……ああ、わかってる。もう自分の罪から逃げるつもりはない。だからお前が、お前の手で、私を断罪してくれ」

「言ったでしょ。僕はドクターだから。判断を下すのは衛生省だ」

父さんはじっと僕を見つめていた。

これ以上の会話は必要なかった。父さんの頬を伝う涙が心の全てを表している。

全てが終わったらこの人は衛生省に出頭する――そう信じられた。

その時だった。

父さんの背後に突然バグスターウイルスの粒子が出現し、ヒト型に形成された。

――黎斗Ⅱだ。

「父さん、逃げて！」

そうとっさに叫んだが、時すでに遅し。

黎斗Ⅱはガシャコンバグヴァイザーを父さんに向けて人質に取った。

まずい。下手に動けない。大量のバグスターウイルスに感染させられたら父さんが消滅してしまう。

黎斗IIが父さんの耳元で語り出した。

「私を失望させないでくれ。このままではマイティノベルXがエンディングを迎えられないじゃないか」

「黎斗さん。あなたが言ったんですよ。エンディングを決めるのは僕だって」

「その答えがこれか。こんな生温いエンディングだと言うのか！」

「勘違いしないでください。父さんとのことは僕の人生のゴールなんかじゃない。心に決めた僕の人生のエンディングは他にある」

「ほう……その眼差し。よほどの覚悟を決めているようだな」

黎斗IIは好奇心に満ちた眼差しで僕の答えを待っていた。

「僕にはどうしても救わなければならない患者がいる」

「患者……」

「黎斗さん、あなたです」

全ては僕と黎斗さんから始まった。

パラドを僕の個性として受け入れ、生涯向き合っていくと決めたように――僕は黎斗さんとも向き合い続ける。

「私が患者だと? ふざけるな……私は何の病にもかかっていない。君に治療されるようなことなど何もない」

「本当にそうですか?」

黎斗Ⅱは一瞬戸惑い、黙り込んだ。

「僕はまだ見ていません……心から笑うあなたの笑顔を」

笑顔こそが心の健康の証だ。

黎斗さんが本当の笑顔を取り戻すまで心療を続ける責任が、僕にはある。

「図に乗るなよ、宝生永夢ゥ……」

黎斗Ⅱはゲーマドライバーを取り出し、腰に装着した。

本来ゲーマドライバーは人間の遺伝子を持つ者しか使用できない。どうやら黎斗Ⅱには黎斗さん本人の人間の遺伝子まで複製されているようだ。

「ならばこの私の手で。君をマイティノベルXのエンディングへと導いてやろう。このゲームの勝者は天才ゲーマーである君か。それとも天才ゲームクリエイターである私か」

僕にはわかる。黎斗さんを心療する方法が一つしかないことを。

黎斗さんは手段こそ最低最悪だが、純粋なゲームクリエイターだ。

きっとこれからもゲームを作り続けるに違いない。

たとえ黎斗さんの身が滅んでも想像を絶する手段で復活して、斜め上のゲームを開発して僕たちに試練を与えてくる。

そこに明確な根拠を持つ悪意など存在しない。これは黎斗さんのクリエイティビティであり、彼自身の才能の探求なんだ。

そして。子供の頃の僕がゲームの遊び相手を望んでいたように、彼も自分のゲームをプレイしてくれる遊び相手を望んでいるんだ。

つまり僕と黎斗さんは似た者同士なんだ。

違うのはゲーマーとゲームクリエイターという立場だけで。

彼がゲームを作り続けるというのなら、僕が相手になる。

他の無関係な人たちを彼のゲームに巻き込ませないように、僕が黎斗さんの遊び相手を引き受ける。

彼が本当の笑顔を取り戻すまで、いつまででも。

僕がゲームに挑むと決意したその時、瞳が赤く輝いた。

「いいぜ。そのゲーム、受けて立ってやる。天才ゲーマーの俺が攻略してやるよ」

「宝生永夢ゥ！　君の物語のエンディングは君のゲームオーバーだァ！　マイティノベルXはバッドエンドで幕を閉じるのだァァァ！」

黎斗Ⅱは二つ目のプロトマイティアクションXガシャットを取り出し起動した。

僕もマイティアクションXガシャットを取り出し起動した。

「変身！」と二人の掛け声がシンクロする。

互いにゲーマドライバーにガシャットを装填し、エグゼイド レベル2《ツー》とゲンム レベル2《ツー》に変身した。

周囲の至るところに多種多様なエナジーアイテムも出現している。

レベル2《ツー》同士スペックはほぼ互角。つまり勝敗を決めるのはゲームの才能。

ゲンムがバグヴァイザーをチェーンソーモードにして斬りかかってくる。

こっちはガシャコンブレイカーをブレードモードにして応戦した。

互いのウェポンが幾度となくぶつかり合い、火花のエフェクトを散らす。

ゲンムが跳躍し、上空に浮遊していた《マッスル化》をゲットした。

『マッスル化！』

身体の筋肉が強化され攻撃力が飛躍的にアップするエナジーアイテムだ。

そっちがその気ならこっちだって。

俺は背後にバックステップし、エナジーアイテム《鋼鉄化》をゲット。

『鋼鉄化！』

ゲンムが繰り出した渾身の蹴りを頑強な防御力で持ちこたえる。

「さすがに読まれたか。ならばこれならどうだ！」

ゲンムはバグヴァイザーをビームガンモードに切り替え、遠方のエナジーアイテムを狙撃してゲットした。

『暗黒！』

突然周囲が暗闇に包まれる。ゲンムの黒いボディが闇に隠れ、姿が判別できない。

俺はあらかじめ記憶していたエナジーアイテムの位置を思い出し、目的のアイテムめがけて駆け抜けた。

「フハハハ！　どこに行く気だ！　私には君の動きがはっきり見えるぞ！」

「それはこっちの台詞だ！」

俺が目的のエナジーアイテムをゲットすると、俺のボディが眩く光を放つ。

『発光！』

周囲の暗闇を明るく照らし出し、こっちに向かってビームガン攻撃を仕掛けてくるゲンムの姿を捉えた。

ガシャコンブレイカーでビームを弾き飛ばし、ノーダメージで切り抜ける。

「……やるな。しかしこのアイテムは避けられまい。これで終わりだ！」

ゲンムが地面を強く踏み込み空高く跳躍。遥か上空に浮かんでいたレアなエナジーアイテムをゲットした。

『終末！』

まずい。数ある中で最も強力な効果を持つエナジーアイテムだ。

戦場全体が地響きと共に地割れを起こした。

割れた地面の溝から超強力なマグマ噴火が次々と発生し、俺を自動的に追尾する。もしマグマが直撃すればひとたまりもない。

「ハハハ！　もはや君に逃げ場はないぞ！」

俺はマグマを回避しつつ周囲のエナジーアイテムを見渡した。

《ジャンプ強化》《回復》《伸縮化》《幸運》《巨大化》《ランダム》

どれも戦局を覆せるほどの効果じゃない。このままではマグマによって致命的なダメージを負ってしまう。

考えろ。考えるんだ。

俺は今一度エナジーアイテムを見渡し、絶望的状況を切り抜ける攻略法を導き出した。

ゲンムがビームガンを乱射してくる。

俺はビームガンの弾幕をなんとかかわしつつ、エナジーアイテムを立て続けに二つゲットした。

それと同時にゲンムが俺めがけて急接近し、身体に摑みかかった。

「ハハハ！　悪あがきをしても無駄だ！　このままマグマの餌食になるがいい！」

『幸運！　ランダム！』

「……何？」とゲンムは笑い声を止めた。

「エナジーアイテムにはコンボの使い方もあるんだぜ?」

まず幸運のエナジーアイテムで運を味方につけ、ランダムのエナジーアイテムで最適な効果を引き当てる!

『逆転!』

狙い通りだ。引き当てたエナジーアイテムには、ピンチの時に形勢をひっくり返す効果がある。

《終末》の効果によるマグマ噴火が、俺ではなくゲンムめがけて襲いかかる!

「ああああああああああ!」

油断していたゲンムは回避しきれずマグマ噴火に直撃。上空へと打ち上げられた。

ゲンムのライダーゲージが一気に半分以上減少した。

即座にゲンムめがけて跳躍し、ガシャコンブレイカーによる空中連続攻撃を叩き込む。

ゲンムはそのまま急直下し、地面に叩きつけられた。

ゲンムのライダーゲージをさらに残りわずかまで減少させた。

上空から地面へと着地した俺はゲンムにゆっくり近づいた。

ゲンムが大ダメージに苦しみ悶えている。

「どうした。エナジーアイテム合戦はもうおしまいか?」

「……ククク。アイテムなど単なるブラフにすぎない……取ったぞーっ!」

ゲンムが掲げた手の中には、なんと金色に輝くガシャットが——俺が持っていたはずのハイパームテキだ。

「始めからそれが狙いか」

俺の身体に摑みかかりマグマを当てようとしたように見せかけ、本当はハイパームテキを掠《かす》め取《と》る。ゲンムらしい姑息な戦法だぜ、まったく。

「ムテキの力さえ封じれば、君は私を攻略できない。さぁ前哨戦はこのくらいにして本気の勝負といこうか」

まさかアレを使う気か……！

ゲンムが取り出したのは——ゴッドマキシマムマイティXだ。

「グレード1000000000《ビリオオオオオオオン》、変身！」

ゲンムがガシャットをゲーマドライバーに挿し替える！

『ゴッドマキシマムマイティX！』

ゲンムがドライバーのレバーを開く！

『最上級の神の才能　クロトダーン！　クロトダーン！　ゴッドマキシマーム！　X《エックス》！』

黒と紫を基調にしたパワフルボディの戦士、仮面ライダーゲンム ゴッドマキシマムゲーマー　レベルビリオンに変身した。

相手のレベルは十億。もはやゲームバランスなんてあったもんじゃないチートスペックだ。

「コズミッククロニクル起動ぅ！」

ゲンムは地面を踏みつけ、空高く跳躍した！

あっという間に夜空の彼方へと消えたかと思うと、星空の中から星が一つきらりと輝いた。その輝きがみるみる大きくなっていき、星空全体を覆い尽くす。

火星だ。

火星をその手に掴んだゲンムがこっちに向かって突っ込んでくる。

あまりにもスケールが違いすぎる。あんな大きい惑星を武器にされちゃ、どこにも逃げ場はない。

俺は為す術もないまま火星で全身をぶん殴られ、激しく吹き飛ばされた。

ライダーゲージが一気に減少し、残りはわずかだ。

もはや正攻法で勝つ術はない。

ゲンムは宇宙めがけて火星を放り投げると、高らかに笑い出した。

「ハハハ！　さぁバッドエンドは目前だ。最期に言い遺すことがあれば聞いてやろう」

「……やっぱゲームはこうでなくちゃな」

「……ずいぶんな余裕だな」

「俺が何の対策もなくハイパームテキを手放すとでも思ったのか？」

そう。ムテキの力があればゴッドマキシマム相手でも負けることはない。

けど逆に相手を打ち負かすのも容易じゃない。下手すりゃあいつを攻略するのに五年、十年、いや一生かかるかもしれない。冗談抜きで。

だとしたら分が悪いのは俺の方だ。人間の俺には寿命っていうタイムリミットがあるからな。

だったら一か八か、天才ゲーマーMの力に懸ける。

俺は決意し、新たなガシャットを取り出した。

「それは……」

「ゲンム。お前が俺にプレゼントしてくれたマイティノベルXを使わせてもらうぜ」

「藁《わら》にも縋《すが》る想いというわけか。だが残念だったな。そのガシャットには戦闘用の機能は一切プログラミングしていない。マイティノベルXにはレベルアップの力など存在しないのさァ！」

「……存在しないなら生み出せばいい」

俺はマイティノベルXをゲーマドライバーに挿し替えた。

ゲンムが言う通りガシャットは何も反応しなかったが、俺は意識を集中させた。

マイティノベルXは俺の物語。俺の人生。俺という存在そのもの。

だったら俺が物語を紡ぐ。俺の人生を切り開く。俺の存在を進化させる。

「俺の運命は、俺が変える」

次の瞬間、俺の瞳が再び赤く輝いた。

俺の体内に潜伏していたパラドのバグスターウイルスが俺の遺伝子と結合し、ゲーマドライバーを媒介としてマイティノベルXの中にデータが逆流。

マイティノベルXが純白色に発光した。

「……変身」

俺は静かにレバーを開いた。

『マイティノベル、俺の言う通り！　マイティノベル、俺のストーリー、X《エックス》！』

純白を基調にした全身に黒いラインでデザインされた戦士、仮面ライダーエグゼイドノベルゲーマー　レベルXに変身した。

ノベルゲーマーの能力は白紙そのもの。だが白紙であることに意味がある。

ここから先の物語はこの俺が紡ぐ。

俺の運命を。俺の未来を。決める力がある。

ゲンムが緊張を解きほぐすような余裕の吐息をついた。

「フゥ……君がどれだけ足掻こうともレベル十億の壁は越えられない……この私に敵うはずがない！」

ゲンムが真正面から突進してきて、俺に最上級のパンチを繰り出した！

「お前の攻撃は俺には当たらない」

次の瞬間、ゲンムの攻撃が俺の肩先をすり抜け、空を切る。

「……なぜだ。確かに君を狙ったはず」とゲンムが動揺している。

「俺の攻撃を食らえ」

俺はゲンムの胴体めがけて渾身の右ストレートパンチを浴びせた。

《ＨＩＴ》のエフェクトと共にゲンムが仰け反る。

「レベルXの攻撃など私には効かない！」

「痛みを知れ」

「……ぐ、ぐぐっ」

ゲンムが突然ダメージを受けて苦しみ出す。

「ありえない……なぜ……」

「ノベルゲーマーには未来を決める力がある」

「未来を決める……？」

「俺の言葉が現実になる。俺の運命そのものになるんだよ」

「まさか……未来を……予言する力」

「ゲームはすぐに終わらせる。お前はそこに立ってろ」

俺が命じた通り、ゲンムはその場に立ち尽くしたまま動けなくなった。いくらもがいても指一本動かない。

それが俺の決めた物語だからだ。

「……動けっ……私の身体よォォォォォ！」

俺はマイティノベルXをキメワザスロットホルダーに挿し替え、起動スイッチを押した。

『キメワザ！　ノベルクリティカルデスティニー！』

天高く跳躍すると、ゲンムめがけて右足を突き出した。

「フィニッシュは必殺技で決まりだァァ！」

俺の運命のライダーキックがゲンムの胸部に炸裂。

黒と紫のパワフルボディが大爆発した。

ゲンムは強制変身解除され、黎斗Ⅱの姿に戻った。そしてその身体がピクセル化し、散り始めている。

俺も変身解除し、僕に戻った。

「……さすが天才ゲーマー。君の方が一枚上手だったか」

「これでマイティノベルXは終わりです。でも僕の物語は……僕の人生はまだ終わりません」

黎斗Ⅱが僕を見つめた。全ての運命を受け入れた、その目で。

「黎斗さんの心療はこれからも続いていくんです。近い将来、ゲーム病の再生医療が確立されたら、黎斗さんを復元する日がやってくるかもしれません。その時はあなたと心から向き合うつもりです。もう黎斗さんに罪を償わせようとは思いません。罪を犯したと思っていないあなたには何を言っても無駄だってことがわかりましたから。そんなことをしてもあなたの本当の笑顔は取り戻せないんだってわかりましたから。きっとあなたは死ぬまで変わらない。きっと死ぬまでゲームを作り続けるでしょう。だから僕もあなたの心療を続けます。死ぬまで攻略し続けます。あなたが作るゲームを」

「……果てしないな。君のエンディングを拝むまで」

僕は何も答えず、ただ微笑んだ。

一方の黎斗IIは顔を俯けた。前髪が垂れ下がり表情が隠れると、静かに肩を震わせ始めた。

端から見たら彼が男泣きしていると思う人もいるかもしれない。

でもそれは大きな間違いだ。僕にはわかる。溜息を漏らさずには居られなかった。

黎斗IIは顔を振り上げて、背筋を海老反らせて高笑いし始めた。

「ブーハッハッハッハッハッハ！！！」

地球の裏側まで届きそうな声で笑う人間なんて彼以外、僕は知らない。

「神の才能を持つこの私に挑むとは面白い。いいだろう。君が絶対に攻略できないゲームを創造してみせる」

「どんなゲームだろうと攻略してみせますよ。絶対に」

黎斗Ⅱは使用していたゲーマドライバーとプロトマイティアクションX、そしてゴッドマキシマムマイティXを静かに地面に置いた。

「……いずれまた。才能の旅に出よう」

その言葉を最後に、黎斗Ⅱの身体はピクセル化して雲散霧消した。

全ての終わりを知らせるシステム音声が響き渡った。

『ゲームクリア！』


ジュージュー、という鉄板で焼く音が店内に響き渡った。

連休最終日の夜。僕たちは聖都大学附属病院の近くにある老舗《しにせ》のお好み焼き屋に来ていた。

鉄板がついた四人掛けのテーブルが六卓ほどのこぢんまりとした店内。

メンバーは僕とポッピーとパラド、飛彩さん、貴利矢さん、大我さんとニコちゃん。全部で七人。他にお客さんはいない。

改めて思い返してみると、こうしてみんなで一緒に食事に出かけることなんてこれが初めてのことだった。それぞれドクターの仕事が忙しかったというのもあるけど、一番の理由は誰かが率先して幹事をやるということがなかったからだ。

言い出しっぺは僕だった。ニコちゃんが明日の朝の便でアメリカに帰ることになっていたので一度みんなで集まりたいと思ったからだ。


マイティノベルXのバグスターだった黎斗Ⅱが消滅して最悪の事態は免れていた。

全国の人工呼吸器や透析装置に感染していたバグスターウイルスは全て死滅して、医療機器は全て復旧。患者の延命治療は無事元通りになっていた。

この事件における犠牲者はゼロ。

僕が信じていた通りだ。

事件があった夜、本来であれば父さんや黎斗Ⅱとの対話なんて無視して、一分一秒でも早くマイティノベルXを終わらせるべきだったかもしれない。でも僕はそうしなかった。

なぜなら全国各地の医療関係者を信じていたからだ。

どの病院にも天災や停電などの緊急時に、患者をケアする為のマニュアルがある。

仮に医療機器に何らかの不具合が生じたとしても、患者の命を第一に守る為の備えと心構えがある。

だからこそ僕は確信していたんだ。一人も犠牲者が出ることはないって。

かつて僕の父さんは二〇〇〇年問題を恐れた。医療機器が誤作動を起こし、取り返しのつかない事態になることを危惧して懸命に汗水を流した。

けれど僕は思う。

もし当時二〇〇〇年問題が現実に起こったとしても、犠牲者は一人も出なかったんじゃないかなって。全国の優秀なドクターや看護師の力によって患者の命は守られていたんじゃないかって。

救命という点において、彼らほどのヒーローは他にいないのだから。

「よーし！　絶対ウチらが一番上手にお好み焼き焼くからね！」と隣のテーブルにいたニコちゃんが宣言した。

僕たちは二卓に分かれて座っていた。

片方のテーブルは僕と貴利矢さんが横並びで座り、向かいの席にポッピーとパラド。

もう片方では飛彩さんと大我さんが横並びで座り、向かいにニコちゃん。

飛彩さんたちのテーブルではニコちゃんがお好み焼き奉行として仕切っていた。定番の豚玉を鉄板で丹念に焼き上げている。

ところがその時、店員のお婆ちゃんが飛彩さんの前にステンレス製のボウルに入ったお好み焼きの具をもう一つ持ってきた。どうやら飛彩さんが勝手に自分一人用のお好み焼き

「どうも」と飛彩さんが店員に告げると、具をかき混ぜ始めた。そしてニコちゃんが焼いている横で鉄板の半分を使って焼き始める。

「ちょっとブレイブ、いつの間に注文したわけ⁉　あたしが焼くのが不満なの⁉」とニコちゃんは不機嫌そうだ。

「お前の存在はノーサンキューだ。俺の分は俺がやらせてもらう」

飛彩さんがそう言って焼き始めたのは——なんとマロン生クリーム玉。

この店には誰が頼むのかわからない変わり種メニューが揃っているんだけど、本当に頼んでいる人を初めて見た。まあ甘党の飛彩さんらしい。

「いいか。鉄板の半分は俺の術野だ。絶対に手を出すなよ」

お好み焼きだろうと飛彩さんは相変わらずオペ気分だ。うん、通常営業だな。

そんな会話に気を取られている隙に、先に焼いていたニコちゃんのお好み焼きが焦げ始めたのか、慌ててヘラでひっくり返している。

「やば。ちょっと焦げちゃった……」

ニコちゃんが気まずそうに大我さんをちらりと見た。

「……腹に入れりゃなんだって一緒だ」と大我さんが吐き捨てた。

「はあ⁉　せっかく人が一生懸命作ってあげてんのに、どうでもいいみたいに言わないでよ！」

「違うってニコちゃん。大我さんなりの優しさだよ」と僕がフォローを入れた。

「いやいや。永夢は何もわかってない。この人ほんとそういう人だから」とニコちゃんが間髪入れずに突っ込んでくる。

「どうせ粉と肉と野菜だろうが」と大我さんがまた吐き捨てた。

「だったら一人で粉食ってれば⁉」

「はあ？　粉だけじゃ咽《むせ》るだろうが！」

大我さんとニコちゃんの小競り合いが始まった。これも通常営業だ。

「永夢。あっちのテーブルに絡むな。火傷《やけど》するぞ」

そう言いながら貴利矢さんがこっちの鉄板で丁寧に豚玉を焼いていた。

「ですね。ていうか貴利矢さん、焼くのめっちゃ上手！　ホント器用ですね」

「あれ？　言わなかったっけ？　うちの実家、お好み焼き屋だって」

「はいはい。もうその嘘にはノりませんから」

「なんだ。つまんねえの」

そんな僕たちのくだらないやり取りをポッピーとパラドは黙ってじっと聞いていた。

よく見ると二人とも片手に箸、片手に小皿を持ったままじーっと固まっている。

「ねえポッピー、パラド。焼けるまでずっとそうしてる気？」

「……だって。お好み焼きなんて初めてだから。どうしていいかわからなくて」とポッピーが気まずそうにもじもじしている。

それも当然か。

ポッピーもパラドもこの世界に誕生してから十三年。人間で言えばまだ中学生ぐらいの人生しか歩んでないんだ。初めて経験することだってたくさんある。

「心が躍るな。そろそろ味見するか」とパラドが子供みたいに目を輝かせて、鉄板の上のお好み焼きに箸をつけようとした。

「ま〜だ！　黙ってじっとしとけ！」と貴利矢さんがパラドの箸を払いのける。

パラドは口先を尖らせてムッとしていた。

「何か手伝えることない？　応援ソング歌おうか？」とポッピーが提案した。

もはや貴利矢さんは完全に無視してお好み焼きに集中していた。

「……ピヨる」とポッピーの顔が一瞬モノクロに変化した。相当ヘコんだみたいだ。

そんなやり取りを見て僕はおもわず微笑んだ。

こうしてみんなを誘ったのも僕なりに大切な理由があった。

今まで僕はみんなに対して心を完全には開いていなかった。

僕の家族のことも。僕の過去のことも。

でもマイティノベルXの攻略を経て、改めて感じたことがある。

みんながいてくれたから僕は救われた。

みんなは僕の心を支えてくれた本当の仲間だ。

これからは何気ない時間をもっと共有したい。

心の底から笑えるような時間をもっと過ごしたい。

そしていつか。この輪に黎斗さんが加わる日は訪れるんだろうか。

たぶん。ありえない。でも。たぶんだ。絶対じゃない。

そう思うのには一つだけ理由があった。

今回の一件で僕たちが相対したのは黎斗さんのコピーであって本人じゃない。けれど本人そのものと言ってもおかしくないくらい黎斗Ⅱは黎斗さんだった。そんな黎斗Ⅱが消滅の直前、地球の裏側まで聞こえそうな声で高笑いした。

いつもの黎斗さんのようだったけど、いつもの笑い声ではなかった気がした。

心の底から黎斗さんが笑っている気がしてならなかった。

ひょっとしたら僕の気のせいかもしれない。

そうであってほしいという僕の願望かもしれない。

でもその笑い声からは挑発も侮蔑も自嘲も感じられなかった。

黎斗さんの笑い声が――一切の他意なく――僕の心に素直に響いた気がしたんだ。

……いや。やっぱり勘違いかな。

もしかしたら僕の心が変わったせいかもしれない。

かつて一度はあの人が作ったゲームのファンだった子供時代の心を思い出したからかもしれない。

だとしてもそれはそれで悪い気分ではなかった。

ゲーム病の再生医療の研究はこれからも続いていく。

近い将来、消滅した人たちを復元できる日は必ずやってくる。

その時、またあなたの笑い声を聞かせてもらいます。


いずれまた。才能の旅に出ましょう。

P. S. 君へ

プレイヤーの君へ。


マイティノベルXを楽しんで頂けただろうか。

今、私がいるのはプロトマイティアクションXガシャットオリジンの中の世界だ。

黎斗IIにあらかじめ仕込んでおいたプログラムによって、私は黎斗IIのバグスターウイルスと融合し、彼の記憶を共有済みだ。

正直、ゲームマスターとして一抹の敗北感を抱いていることは事実だ。

勝敗ということでいえば、私のゲームは君に攻略されてしまったのだからね。

結果、私の目論見は外れ、私が復元されるというハッピーエンドを迎えるまでには至らなかった。

が、しかし実に興味深い時間だった。

何より、私の神の才能が生み出したゲームがろくに攻略もされないまま放置されるなどという最も許し難い事態は避けられたのだからな。

マイティノベルXは、私がこれまでに生み出した作品群に勝るとも劣らない至高のゲームの一つとなった。

そして君はいつも私を楽しませてくれる。

まさかマイティノベルXガシャットに未来を予言する力を付与するとはね。あれは見事だった。おかげで私の才能が刺激された。

今回の一件で収集したデータは今後のゲーム開発に活用させてもらうとしよう。

それにしても歯痒いものだ。

その後、君たちはゲーム病の再生医療の研究に精を出していることだろうが、はたしてあと何年かかることやら。

これが凡人と神の才能の差というものか。

まぁいいだろう。時代が私に追いついてくるまで、しばしの休息としよう。

私には時間がいくらあっても足りない。

溢れ出るアイデアを形にする為に日々夢想することがいくらでもあるからな。

君が決して攻略できないゲームを作ることなど容易《たやす》い。

次なる運命が訪れた時、私がどのようなゲームを創造するかはその時のお楽しみだ。

君の想像を絶するような大いなる興奮と感動の旅へ案内することを約束しよう。

ただし一つだけ約束できないことがある。

その時、君がどのような悲劇に陥ったとしても、ノークレーム・ノーリターンであることをご了承願おう。
それでも私に挑む覚悟があるのならば、歓迎する。
フフフ……これからも楽しもうじゃないかァ……終わりなきゲームをォ！
ヴェァーハッハッハッハッハッハーーーッ！

『仮面ライダーエグゼイド』ノーコンティニュー全史

一九九九年
宝生清長《ほうじょうきよなが》、二〇〇〇年問題対策の過程でバグスターウイルスを生み出してしまう。

二〇〇〇年
黎斗《くろと》（十四歳）、父・正宗《まさむね》が経営する幻夢《ゲンム》コーポレーションでゲーム開発に携わる。

黎斗、永夢《えむ》（八歳）からのファンレターを読み、永夢の存在を知る。

永夢、黎斗から送られた体験版ゲーム、マイティアクションCをプレイし、世界で初めてバグスターウイルスに感染。

永夢、雨の中で交通事故に遭い、日向恭太郎《ひなたきょうたろう》の手術によって命を救われる。

二〇一〇年
永夢（十八歳）とニコ（十二歳）、ゲーム大会の決勝で天才ゲーマーMとNとして対決。

黎斗（二十四歳）、清長の協力を得て、寝込んでいた永夢に麻酔をかけて拉致。

永夢、ネクストゲノム研究所で財前美智彦《ざいぜんみちひこ》らによってバグスター摘出手術を受ける。

パラド、永夢の身体から分離され、世界で初めてバグスターとして誕生。

財前らはバグスターウイルスに感染し、消滅。

永夢、パラドの感染者として仮面ライダーに変身できる適合者と同質の力を得る。

黎斗とパラド、バグスターウイルスを進化させる計画に着手。

黎斗、聖都大学附属病院に入院中の櫻子《さくらこ》にバグスターウイルスを感染させる。

櫻子、ゲーム病に苦しみ消滅。ポッピーピポパポが誕生。

二〇一一年　ゼロデイ発生
不特定多数の一般市民が突然ゲーム病を発症し、消滅。

衛生省はバグスターウイルスの存在を知り、その発端が幻夢コーポレーションのゲーム開発にあると判断。極秘裏に同事件をゼロデイと名付ける。

正宗、ゼロデイの責任をとって幻夢コーポレーションのCEOを辞任。服役。

黎斗（二十五歳）、幻夢コーポレーションCEOに就任。バグスターウイルス対策の為に衛生省にポッピーピポパポを派遣。

衛生省は極秘裏に聖都大学附属病院に電脳救命センター（CR）を設立。ポッピーピポパポを仮面ライダーのナビゲーターに任命。

大我《たいが》（二十四歳）、聖都大学附属病院の放射線科医として勤務中、新種ウイルスを発見。同僚の牧治郎《まきじろう》と共にCRに召喚される。

大我、CRから仮面ライダーとしてスカウトされるが拒否。代わりに牧が仮面ライダーに志願し、プロトガシャットの副作用で倒れる。

大我、仮面ライダープロトスナイプとして活動開始。【[裏技] 仮面ライダースナイプ エピソードZERO 第一話】

黎斗とパラド、倒されるたびに進化するバグスターウイルスの進化過程を観察。

大我、ゲーム病患者・百瀬《ももせ》小姫《さき》を担当。しかしプロトガシャットの副作用によって身体を蝕《むしば》まれていく。牧が大我を止めようとするが、牧自身がゲーム病を発症し、消滅。

【[裏技] 仮面ライダースナイプ エピソードZERO 第二話】

小姫、ゲーム病に苦しみ消滅。グラファイトが誕生。

大我、仮面ライダープロトスナイプとしてグラファイトと戦うが敗北。

飛彩（十九歳）、CRに入院していた小姫の元に駆けつけるが、小姫が消滅。

大我、衛生省から医師免許を剝奪されCRからも除名。闇医者になる。

【[裏技] 仮面ライダースナイプ エピソードZERO 第三話】

飛彩、CRでの活動も視野に入れ、適合手術を受ける。一刻も早くドクターになる為にアメリカに留学。

二〇一三年

貴利矢《きりや》（二十四歳）、同僚の藍原《あいはら》淳吾《じゅんご》にゲーム病を告知したことで彼を自暴自棄にさせてしまい、淳吾を交通事故で亡くしてしまう。

その後、バグスターウイルスの存在を突き止め、黎斗に接触。ゼロデイの秘密を口外しないことを条件にゲーマドライバーと爆走バイクを入手。適合手術を受ける。

二〇一六年　十月　ドクターライダー変身！

永夢（二十四歳）、小児患者を救う為にゲーマドライバーとマイティアクションXで初めて仮面ライダーエグゼイドに変身。ソルティを撃破。

バグスターとの戦いが始まる。　【第一話】

飛彩（二十四歳）、患者を救う為にゲーマドライバーとタドルクエストで仮面ライダーブレイブに変身。アランブラを撃破。

謎の黒いエグゼイド・仮面ライダーゲンムが現れ、永夢たちを翻弄。　【第二話】

大我（二十九歳）、ゲーマドライバーとバンバンシューティングで仮面ライダースナイプに変身。リボルを撃破。　【第三話】

貴利矢（二十七歳）、ゲーマドライバーと爆走バイクガシャットで仮面ライダーレーザーに変身。エグゼイドと協力し、モータスを撃破。ゲンムがシャカリキスポーツでレベル3にレベルアップし、ドクターたちを凌駕。【第四話】

永夢、ゲキトツロボッツを入手し、レベル3の力でゲンムに一矢報いる。黎斗、永夢に敗れたことで狂気の一面を露にする。【第五話】

二〇一六年　十一月　それぞれの過去

飛彩、大我との確執が深まりつつも、恋人の小姫を感染させ、消滅させて生まれたバグスターがグラファイトだと知る。小姫の仇を取る為に決死の思いでドレミファビートを入手。心肺蘇生法のビートでレベル3の力を使いこなしグラファイトに一矢報いる。【第六話】

貴利矢、ギリギリチャンバラを入手し、ヒト型のレベル3にレベルアップ。ゲンムの正体が黎斗であると証明する為にゲンムを圧倒。しかしパラドの一計によって貴利矢の目論見が崩される。そして嘘つきのレッテルが貼られてしまう。【第七話】

大我、ジェットコンバットを入手し、レベル3にレベルアップ。バグスターを人質に永夢と飛彩に勝負を持ちかけ、二人からガシャットを奪い取る。

貴利矢と黎斗、レベル3同士で激突。互角の戦い。

黎斗、永夢が仮面ライダーの適合手術を受けずに変身している謎を貴利矢に示唆。

【第八話】

二〇一六年　十二月

チーム医療と運命のゲームオーバー

日向恭太郎、グラファイトに狙われてゲーム病を発症。

永夢、命の恩人である恭太郎を救いたい一心で未完成のドラゴナイトハンターZをむりやり使用して暴走。

【第九話】

グラファイトによるパンデミック勃発。

永夢、恭太郎からチーム医療の大切さを説かれて決意。バラバラだった飛彩、大我、貴利矢を挑発することでドラゴナイトハンターZの四人同時プレイを成功させ、グラファイトを撃破。

【第十話】

Dr.パックマン襲来。

幻夢コーポレーションを強襲するDr.パックマン（財前美智彦）と部下の来瀬荘司《くるせそうじ》・武田上葉《たけだあげは》・竜崎一成《りゅうざきかずしげ》。黎斗からガシャコンバグヴァイザーとプロトガシャットを奪い、ゲノムプロジェクトを始動。

エグゼイド、ゴースト、ドライブ、鎧武《ガイム》、ウィザードの五大仮面ライダーが集結し、財前たちと激突。

【仮面ライダー平成ジェネレーションズ　Dr.パックマン対エグゼイド&ゴースト　with　レジェンドライダー】

永夢、Dr.パックマンとの戦いで使用したカイガンゴーストガシャットを黎斗に返却しに行く途中で、暴走したコラボスと交戦。ゴースト、ドライブ、鎧武のガシャットを使いコラボスに勝利。

黎斗、ウィザードのガシャットの力でゲンムとしてエグゼイドを圧倒。戦いの中で生み出した数多くのガシャットを全て回収。

【［裏技］　仮面ライダーゲンム】

永夢、バグスターウイルスを蔓延させた首謀者ゲンムの打倒を決意。飛彩、大我、貴利矢と共にドラゴナイトハンターZの四人同時プレイでゲンムを圧倒。黎斗は永夢たちの前で変身解除し、ゲンムの正体が自分であることを明かす。

黎斗、自らの死のデータを元にデンジャラスゾンビを完成させる。【第十一話】

永夢と飛彩、シャカリキスポーツやクリスマス限定のエナジーアイテムを駆使してソルティを撃破。

ポッピー、クリスマスソング『ピンプルペル』を歌う。

貴利矢、服役中の黎斗の父・正宗に面会。黎斗の企みと永夢の秘密を知る。

大我、永夢に恨みを抱く謎の少女・西馬《さいば》ニコと出会う。

黎斗、貴利矢を口封じする為、デンジャラスゾンビでレベルX《テン》に変身し、レーザーを圧倒。レーザーのライダーゲージをゼロにしてしまう。

貴利矢、永夢にゲーマドライバーと爆走バイクを託し、ゲームオーバー。消滅。【第十二話】

二〇一七年一月　ニューチャレンジャー現る！

永夢の外科研修がスタート。飛彩の指導を受ける。

永夢、貴利矢を失い、患者すらも救えない無力感に苛《さいな》まれる中、パラドと初対面。パラドから渡された謎のガシャットと天才ゲーマーMの力でレベルX《ダブルエックス》Xにレベルアップ。

エグゼイドが二人に分離。

【第十三話】

永夢と飛彩、癌とゲーム病を併発していた患者を救う為に一時的に協力。

飛彩は天才外科医として患者の癌切除手術を行う。

永夢は天才ゲーマーとしてレベルＸＸ《ダブルエックス》の力を使いこなし、アランブラを撃破。戦いの末に強烈な頭痛によって意識を失ってしまう。

大我、その永夢の血液を検査。永夢がゲーム病を発症していることを突き止める。

【第十四話】

突如蘇った野獣系仮面ライダー集団、通称『ビーストライダー・スクワッド』。最凶最悪の仮面ライダー王蛇《おうじゃ》こと浅倉威《あさくらたけし》が暴れ出す。浅倉に助手を襲われた飛彩は新たなガシャット、ナイトオブサファリの力で立ち向かう。

【仮面ライダーブレイブ Survive せよ！ 復活のビーストライダー・スクワッド】

大我の元に押し掛けてきたニコがゲーム病を発症。ＣＲでの診療を開始。

飛彩と大我、黎斗の口から《永夢が世界で初めてバグスターウイルスに感染したゲーム病患者》であることを聞く。永夢のガシャットとゲーマドライバーの回収を目指す。

【第十五話】

パラド、ガシャットギア デュアルで仮面ライダーパラドクスに変身。レベル50の力でブレイブとスナイプを圧倒。

永夢と大我、患者のニコを治療する為に一時的に協力。しかしパラドクスのレベル50の力に阻まれ、苦戦を強いられてしまう。

パラド、乱戦の末にリボルを撃破。ニコのゲーム病が治る。

ニコ、命がけで戦う大我の姿に感化され、大我を自分の主治医に指名。


【第十六話】

二〇一七年　二月　永夢の真実

幻夢コーポレーションの社員・小星作《こほしつくる》がゲーム病を発症。自ら開発したジュージューバーガーのガシャットを永夢に託す。

永夢、ジュージューバーガーの力でバガモンを笑顔にしてゲームを攻略。

黎斗、勝手に生み出されたガシャットを認めず、力ずくで回収。バガモンを撃破。


【第十七話】


黎斗、全てのガシャット回収を目指し、ガシャットギアデュアルβ《ベータ》を開発。タドルファンタジーの力でエグゼイドを圧倒し、用済みになったモータスすらも撃破。

パラド、黎斗に心が滾り、ノックアウトファイターの力でゲンムを圧倒。

黎斗、パラドの望みを断つ為、永夢が世界で初めてバグスターウイルスに感染したゲーム病患者であることを永夢本人に暴露。

永夢、衝撃的な真実に動揺してゲーム病の症状が深刻化。消滅し始める。【第十八話】

飛彩、ゲーマーMの人格になったまま戻らなくなってしまう。

永夢、永夢の代わりに患者の治療を決意。ゲンムからガシャットギアデュアルβ《ベータ》を奪い取り、タドルファンタジーの力でレベル50にレベルアップ。ガットンを撃破。

永夢、飛彩のドクターとしての信念に触発され、研修医の人格を取り戻す。【第十九話】

永夢、再びゲーマーMの人格に乗っ取られる恐怖から変身を躊躇《ためら》い続ける。

飛彩、レベル50の力でパラドクスと互角に渡り合うが、その代償として意識を失う。

大我、飛彩からガシャットギアデュアルβ《ベータ》を取り上げ、バンバンシミュレーションズの力でレベル50にレベルアップ。強大な力を完全に制御し、バーニアを撃破。

永夢、大我の覚悟に触発され、恐怖を克服。エグゼイドに変身し、ゲンムを圧倒。

黎斗、デンジャラスゾンビのさらなる力、レベルX《エックス》へのレベルアップを目論む。【第二十話】

二〇一七年 三月 ゲンムの野望

永夢と明日那《あすな》、患者の診療の後、服役中の正宗に面会。ゼロデイの首謀者が黎斗であることを知る。

ドクターたちの奮闘によってカイデンを撃破。ゲンムやパラドクスを退ける。

黎斗、究極のゲーム、仮面ライダークロニクルの野望を宣言。

【第二十一話】

黎斗のアジトに衛生省の家宅捜索が入る。

永夢、ゲーム病を発症した黎斗をCRに保護。懺悔《ざんげ》する黎斗を受け入れ、黎斗のオペを決意。チャーリーを撃破。

黎斗、永夢を裏切ってレベルX《エックス》にレベルアップ。永夢のゲーマドライバーを腐敗させる。

飛彩、貴利矢が遺したデータの中からリプログラミングの資料を発見。

大我とニコ、ゲンムに対抗する為に作と共にガシャット開発を模索。

黎斗、幻夢コーポレーションを占拠。CEOの座に復帰。

【第二十二話】

永夢、貴利矢のゲーマドライバーとリプログラミングのシステムが組み込まれたガシャットを手に取り、天才ゲーマーMの力でマキシマムマイティXを生み出す。レベル99《ナインティナイン》の力でゲンムを圧倒。リプログラミングで黎斗の変身能力を消去。黎斗に贖罪《しょくざい》の機会を与えようとする。

黎斗、パラドの裏切りに遭い、大量のウイルスに感染。そして消滅。

【第二十三話】

巨大浮遊要塞・アンドアジェネシスが現実世界に実体化して世界を襲う。

突如として始まったゲーム、超スーパーヒーロー大戦。消滅したはずの貴利矢や他のヒーロー、そして飛彩と同じ姿をしたゲーム世界の飛彩（仮面ライダートゥルーブレイブ）までもが現れ、翻弄される永夢たち。

超スーパーヒーロー大戦の背景には飛彩とある少年の過去が深く関わっていた。

【仮面ライダー×スーパー戦隊　超スーパーヒーロー大戦】

ある日、永夢が目覚めると、閉ざされた謎の空間にいた。

駆紋戒斗《くもんかいと》、湊耀子《みなとようこ》、剣崎一真《けんざきかずま》、木野薫《きのかおる》、そして貴利矢。彼らと共に脱出を試みる。

そこには消滅したはずの黎斗の恐るべき計画が潜んでいた。

【仮面戦隊ゴライダー】

永夢、患者の治療に奔走する中で、赤い戦士・シシレッドと共闘。

永夢と飛彩と大我は三人の患者を救う為、チーム医療でオペを敢行。

ポッピーピポパポ、幻夢コーポレーションの新ＣＥＯ・天ヶ崎恋《あまがさきれん》に洗脳され、仮面ライダークロニクルのテーマソング『ＰＥＯＰＬＥ　ＧＡＭＥ』を歌う。

パラド、完全体のグラファイトを復元し、天ヶ崎恋やポッピーピポパポとも合流。

これにより全てのバグスターが集結し、仮面ライダークロニクルが完成。

【第二十四話】

二〇一七年　四月　仮面ライダークロニクル始動

新ゲーム、仮面ライダークロニクルが幻夢コーポレーションから発売。一般人がライドプレイヤーに変身し、バグスターと戦い始める。

永夢、ゲームを止めようとするが、洗脳されたポッピーピポパポやライドプレイヤーに翻弄される。

パラド、大勢のライドプレイヤーを一蹴し、ゲームオーバーにしてしまう。

仮面ライダークロニクルはバグスターが人間を攻略して滅亡させるゲームだと判明。

【第二十五話】

衛生省は仮面ライダークロニクルの使用禁止と回収を発表。

ポッピーピポパポ、バグルドライバーⅡ《ツヴァイ》とときめきクライシスで仮面ライダーポッピーに変身。一般人を救おうとするドクターたちを妨害。

日向恭太郎、ドクターたちの勇姿に感化され、ゲーム病による消滅の事実を公表。

永夢と飛彩と大我、三人の共闘によってパラドクス率いるバグスターを打倒。

【第二十六話】

幻夢コーポレーションが仮面ライダークロニクルを攻略すれば消滅者の命を取り戻せると発表。それによってプレイヤー人口が増加。
ニコ、ライドプレイヤーとして、仮面ライダークロニクルに参戦。
ときめきクライシスのバグスター・ラヴリカに翻弄されるドクターたち。
大我、自らの患者ニコを救いたい想いでラヴリカを退ける。

【第二十七話】

永夢、リプログラミングでポッピーピポパポを洗脳から救う。バグスターとしての存在意義に葛藤するポッピーピポパポを仲間と認めることで彼女の笑顔を取り戻す。
パラド、人間とバグスターの絆を認めず、永夢の身体を乗っ取ってしまう。

【第二十八話】

永夢、パラドこそ自分に感染しているバグスターであることを知る。自分の病を治す為にリプログラミングでパラドクスに立ち向かう。
パラド、リプログラミングによって人間の遺伝子を取り込み、ゲーマドライバーとガシャットギアデュアルでレベル99の力が覚醒。ドクターたちを圧倒し、永夢の身体を乗っ取ってしまう。

【第二十九話】

二〇一七年 五月 俺はお前、永夢とパラド

永夢とパラド、人類とバグスターの運命をかけた戦い。

レベル99同士の一騎打ちの末、パラドクスが勝利。永夢をゲームオーバーにさせようと目論むが、消滅したはずの仮面ライダーゲンム レベル0《ゼロ》がパラドクスを妨害。

ゲンムの正体は、バグスターとして復元された檀黎斗だった。

【第三十話】


黎斗、『新檀黎斗《しんだんくろと》』を名乗り、パラドへの報復を決意。

ポッピーピポパポ、自分が黎斗の母親から生まれたバグスターだと知る。

永夢、ポッピーピポパポの命を庇おうとした黎斗を見直し、一時的に共闘。エグゼイドとゲンム、二人のマイティによってパラドクスのレベル99の力を凌駕する。

【第三十一話】


檀正宗、釈放。

ドクターたちは仮面ライダークロニクル攻略の為、バグスターとの最終決戦に臨む。

正宗、バグルドライバーⅡ《ツヴァイ》と仮面ライダークロニクルによって仮面ライダークロノスに変身。ゲーム時間を停止させるポーズの力でラヴリカに永遠の死を与え、最終決戦を無効にさせる。

【第三十二話】

貴利矢が遺した謎のゲーム、爆捜トレジャー。永夢と飛彩はゲーム内のナビゲーターであるレーザーと共にゲームクリアを目指す。貴利矢は来《きた》る日に備え、極秘裏に保存されていたプロトガシャットのデータを入手しようとしていた。

【［裏技］　仮面ライダーレーザー】

正宗、幻夢コーポレーションCEOとして君臨。仮面ライダークロニクルを運営。

永夢と黎斗、クロノスのポーズを攻略する作戦に出るが、飛彩に妨害される。

飛彩は恋人の小姫を復元させることを条件に、正宗の右腕として雇われていた。

【第三十三話】

二〇一七年　六月　　クロノスのルール

失った小姫を巡って三者三様の葛藤を抱える永夢、飛彩、大我。

永夢、目の前の患者を救う為に飛彩との直接対決を決意。

パラドとグラファイト、クロノス攻略の為にゲムデウスウイルスを入手。グラファイト

が取り込んだゲムデウスウイルスの力でクロノスに勝機を見出すが、謎の仮面ライダー

レーザーターボに妨害される。

【第三十四話】

レーザーターボの正体は消滅したはずの貴利矢だった。

永夢、リプログラミングで貴利矢の心を取り戻そうとするが貴利矢が自らの意志で正宗の右腕になっていたことを知る。貴利矢に耳元で何かを囁《ささや》かれ、二人の仲は決裂。

正宗、タドルレガシーを飛彩に与える。

黎斗、クロノスに対抗する為にハイパームテキを完成させる。


【第三十五話】


クロノス攻略クエスト開幕。

永夢と黎斗、ハイパームテキを正宗に奪われる。

貴利矢、正宗からハイパームテキを入手し永夢に託す。全ては永夢と貴利矢が正宗をノせる為の芝居だと判明。

永夢、自身の身体をパラドに再び感染させ、天才ゲーマーMの力が覚醒。ハイパームテキで仮面ライダーエグゼイド　ムテキゲーマーに変身。クロノスに一矢報いる。


【第三十六話】

二〇一七年　七月　　それぞれの決着

飛彩、小姫を救いたい一心でタドルレガシーでレベル100《ハンドレッド》にレベルアップ。永夢の変身能力を奪う為にパラドを圧倒する。

大我、飛彩の戦いを援護するが、グラファイトの猛攻撃で命の危機に瀕する。

【第三十七話】

飛彩、正宗の脅迫を振り切って大我の緊急手術を成功させる。これまでの行いを永夢に謝罪。二人の共闘によってクロノスを変身解除に追い込む。

正宗の非情な判断によって小姫のデータが完全に抹消される。

飛彩と大我の今までの確執が解消され二人は和解。

【第三十八話】

正宗、永夢の変身能力を奪う為、パラドを亡き者にしようと目論む。

ニコがゲーム病を発症。治療の為にはパラドを攻略しなければならない状況に。

永夢、ニコを救う為に決意。ムテキの力でパラドを圧倒し消滅させる。

【第三十九話】

永夢、パラドを自身の体内に取り込み、パラドの命までは奪わずにいた。

パラド、身を以て死の恐怖を味わったことで自分がしてきた愚かさを知る。涙の懺悔。

永夢、パラドを自分の個性として受け入れ、共に歩むことを決意。

永夢とパラド、超協力プレイでクロノスを打倒し、仮面ライダークロニクルのマスターガシャットを破壊。

正宗、リセットを発動。ゲーム時間が巻き戻ったことでマスターガシャットが復元し、永夢のハイパームテキが消失。

【第四十話】


黎斗、消失したハイパームテキの再開発を目指す。

飛彩・大我・ニコは、仮面ライダークロニクルを攻略する為、グラファイトとの最終決戦に臨む。グラファイトを討伐しかけたその時、クロノスが勝負を妨害。

グラファイト、クロノスに一矢報い、敵キャラとしての本懐を遂げて消滅。

クロノスが再びリセットを発動しようとするが、進化したハイパームテキがセーブの力でリセットを無効化。


【第四十一話】

全てのガシャットロフィーが集まり、ラスボスのゲムデウスが降臨。

二〇一七年　八月　仮面ライダークロニクル終焉

ゲムデウスによるパンデミック勃発。

貴利矢と黎斗の決闘。二人の力によってゲムデウスウイルスに対抗できるワクチンとなるドクターマイティ X《ダブルエックス》 X を生み出す。

永夢、ドクターマイティ X《ダブルエックス》 X を貴利矢から託され、ゲムデウスを討伐。

正宗、ゲムデウスを自分の身体に取り込み、真のラスボスとなるバグスターへと変貌。

貴利矢、正式にCRのドクターとして活動開始。

黎斗、衛生省によって投獄される。『檀黎斗神《だんくろとしん》』と名乗る。


【第四十二話】


正宗、ライドプレイヤーのニコを拉致し、亡き者にしようと目論む。

大我、ニコの主治医としての覚悟を見せ、ゲーマドライバーによって仮面ライダークロノスに変身。ゲムデウスクロノスと激闘。

永夢と飛彩も合流し、三人のドクターによるチーム医療でゲムデウスクロノスを打倒。

ゲムデウスクロノスは究極形態の超ゲムデウスに進化。最凶最悪のパンデミック発生。


【第四十三話】


パンデミックによって大勢の人々がバグスターウイルス化。

ポッピーピポパポ、ドクターマイティ X《ダブルエックス》 X ガシャットを自分の身体に挿《さ》し、自分自身がワクチンとなって人々をパンデミックから救う。ポッピーピポパポは最期に笑顔を見せ、消滅。

黎斗、仮面ライダービルドと遭遇。ライフを一つ奪われる。

永夢・飛彩・大我・貴利矢・黎斗、五人のライダーがレベル1に変身し、超ゲムデウスと交戦。正宗の身体からゲムデウスを分離させる。

パラド、ドクターマイティ X《ダブルエックス》 X の力を使ってゲムデウスを道連れにし、最期に笑顔を見せ、消滅。

正宗、永夢が変身能力を失ったことで勝利を確信。

【第四十四話】

クロノス相手に絶望的状況に追い込まれるドクターたち。

永夢、ポーズの力で停止した時の中で覚醒。クロノスのバグルドライバーⅡ《ツヴァイ》を破壊。

五人のライダーたちの共闘によってクロノスを撃破。

正宗、マスターガシャットを自身に取り込んで自決。消滅。

永夢、恭太郎と共に記者会見を開き、医療の未来を信じていつか消滅者の命を復元させることを誓う。

永夢と黎斗、それぞれの身体で培養されたパラドとポッピーピポパポが復活。

永夢はバグスターたちと手を取り合ってＣＲで活動していくことに。

【第四十五話・最終回】

二〇一七年 九月

新種のバグスターウイルスによる大規模パンデミック発生。

仮面ライダー風魔《フウマ》率いる忍者軍団に翻弄されるドクターたち。

仮想現実の世界に引きずり込まれていく難病の少女や大勢の犠牲者たち。

永夢は幻夢VR《ブイアール》とマイティクリエイターVRX《ブイアールエックス》の力で、仮想現実の世界から少女や大勢の犠牲者たちを救出しようとする。

白衣のドクターたちが難病の少女を救う為に最悪の脅威に立ち向かう。

【劇場版　仮面ライダーエグゼイド　トゥルー・エンディング】

二〇一八年　三月
永夢（二十六歳）、二年の研修を終え、小児科医になることが正式に決定。

幻夢コーポレーションが開発したゲーム、仮面ライダーカーニバルを巡る難事件が発生。

永夢とポッピー、みんなで一緒にドレミファビートをやるという約束を果たす。

貴利矢、バグスターたちの協力を得て、ゲーム病ワクチンの開発に乗り出す。

【仮面ライダーエグゼイド　ファイナルステージ】

二〇一八年　九月
永夢とパラド、仮面ライダービルドと遭遇。
永夢、ビルドにエグゼイド成分を抜き取られ、変身能力を失ってしまう。
【劇場版　仮面ライダーエグゼイド　トゥルー・エンディング】

永夢とパラドは仮面ライダービルド（桐生戦兎《きりゅうせんと》）や他のライダーたち、そしてゴースト・鎧武・フォーゼ・オーズと共に、二つの並行世界の消滅という空前の危機に立ち向かう。

【仮面ライダー平成ジェネレーションズＦＩＮＡＬ　ビルド＆エグゼイド　ｗｉｔｈ　レジェンドライダー】

二〇二〇年

永夢（二十八歳）とパラド、黎斗が仕掛けたゲーム、ナゾトキラビリンスに挑む。

暗号を解き明かし、ノックアウトファイター２ガシャットの力で見事ゲームクリアを果たすが、そのゲームは牢獄から黎斗を脱出させる為のプログラムだった。

そして黎斗、脱獄。

【［裏技］仮面ライダーパラドクス】

脱獄囚・黎斗が仕掛ける第一のゲーム、ときめきクライシス。

飛彩と大我が果たせずにいた使命に立ち向かう医療と愛の物語。

【仮面ライダーエグゼイド　トリロジー　アナザー・エンディング　仮面ライダーブレイブ＆仮面ライダースナイプ】

脱獄囚・黎斗が仕掛ける第二のゲーム、バグスターをつくるぜ！
パラドとポッピーがバグスターとしての生き様を貫く医療と心の物語。
【仮面ライダーエグゼイド　トリロジー　アナザー・エンディング
仮面ライダーパラドクスｗｉｔｈ仮面ライダーポッピー】
脱獄囚・黎斗が仕掛ける第三のゲーム、ゾンビクロニクル。
貴利矢と黎斗が互いの因縁に決着をつける医療と覚悟の物語。
【仮面ライダーエグゼイド　トリロジー　アナザー・エンディング
仮面ライダーゲンムＶＳ仮面ライダーレーザー】

二〇二三年

黎斗が仕掛ける門外不出のゲーム、マイティノベルＸ。
今まで語られなかった永夢の過去と心の深淵に迫る物語。
【小説　仮面ライダーエグゼイド　～マイティノベルＸ～】

高橋 悠也 | Yuya Takahashi

1978年2月1日生まれ。劇団 UNIBIRD 主宰。脚本家・演出家・小説家・俳優。

映画、ドラマ、アニメ、舞台など幅広いジャンルの脚本を手がける。

主な作品は「エイトレンジャー」「金田一少年の事件簿N」「ルパン三世 Part4」「ドラえもん」など。2016年「仮面ライダーエグゼイド」で TV シリーズ全話・劇場版・V シネマなど執筆。

講談社キャラクター文庫 028

小説《しょうせつ》 仮面《かめん》ライダーエグゼイド
～マイティノベルX《エックス》～

2018年 6 月27日　第 1 刷発行
2024年11月15日　第12刷発行

KODANSHA

著者	高橋《たかはし》 悠也《ゆうや》 ©Yuya Takahashi
原作	石ノ森章太郎《いしのもりしょうたろう》 ©2016 石森プロ・テレビ朝日・ADK・東映
発行者	安永尚人
発行所	株式会社　講談社
	112-8001　東京都文京区音羽 2-12-21
電話	出版 (03) 5395-3491　販売 (03) 5395-3625
	業務 (03) 5395-3603
デザイン	有限会社　竜プロ
協力	金子博亘
本文データ制作	講談社デジタル製作
印刷	大日本印刷株式会社
製本	大日本印刷株式会社

ISBN 978-4-06-314883-1 N.D.C913 316p 15cm
定価はカバーに表示してあります。Printed in Japan

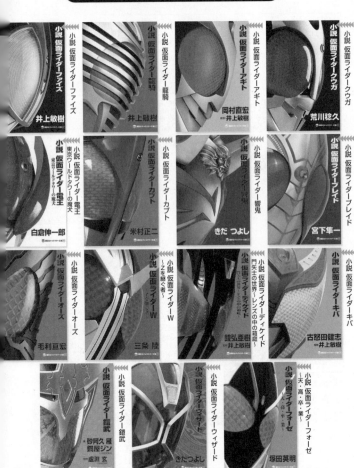